D0371926

PAM MUÑOZ RYAN

Yo, Naomi León

SCHOLASTIC INC.

New York   Toronto   London   Auckland   Sydney
Mexico City   New Delhi   Hong Kong   Buenos Aires

Originally published in English as *Becoming Naomi León*

Translated by Nuria Molinero

If you purchased this book without a cover, you should be aware
that this book is stolen property. It was reported as "unsold and
destroyed" to the publisher, and neither the author nor the publisher
has received any payment for this "stripped book."

No part of this publication may be reproduced, stored in a retrieval
system, or transmitted in any form or by any means, electronic,
mechanical, photocopying, recording, or otherwise, without written
permission of the publisher. For information regarding permission,
write to Scholastic Inc., Attention: Permissions Department,
557 Broadway, New York, NY 10012.

ISBN-13: 978-0-439-75572-6
ISBN-10: 0-439-75572-7

Text copyright © 2004 by Pam Muñoz Ryan
Translation copyright © 2005 by Scholastic Inc.
All rights reserved. Published by Scholastic Inc.
SCHOLASTIC, SCHOLASTIC EN ESPAÑOL, and associated logos
are trademarks and/or registered trademarks of Scholastic Inc.

12 11 10 9   11 12 13/0

Printed in the U.S.A.

First Spanish printing, September 2005
Book design by Marijka Kostiw

a Jim, Annie, Matt, Tyler,

Marcy y Jason

gracias a

Tracy Mack,

Leslie Budnick,

Marijka Kostiw

y Joe Cepeda

LIBRARY
DEXTER SCHOOLS
DEXTER, NM 88230

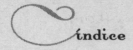

índice

Siempre pensé que el mayor problema de mi vida era mi nombre, Naomi Soledad León Outlaw, pero nunca me hubiera imaginado que ese era el menor de mis problemas, ni que algún día me comportaría a la altura de mi apellido.

Me parece que ha pasado un siglo desde que abuelita, Owen y yo vivíamos entrelazados, como un mitón de lana nuevo, pero puedo señalar exactamente la tarde en la que empezamos a deshilacharnos, el momento preciso en el que me sentí como ese perro de los dibujos animados de los sábados por la mañana. En ellos salía un perro con un enorme suéter de lana; de repente aparecía un zorro, empezaba a jalar de un extremo del suéter y salía corriendo, deshaciendo el tejido punto por punto. Al poco rato, el pobre perro se quedaba pelado, temblando, y el suéter que lo abrigaba quedaba reducido a un montón de lana.

el chapoteo de los patos

Allí estábamos, viviendo nuestras vidas al ritmo del tictac del reloj. Desde hacía unas semanas, el sol se ponía con el horario de invierno. Por eso, aunque todavía era temprano, el cielo estaba oscuro como boca de lobo y abuelita, Owen y yo no podíamos sentarnos afuera, en el patio de baldosas blancas, sino que teníamos que apiñarnos en torno a la mesa plegable de la sala-cocina de Bebé Beluga, como abuelita llamaba a nuestra casa-remolque Airstream. Abuelita era una experta en poner nombres a las cosas de acuerdo a su aspecto y pensaba que el remolque parecía una ballena en miniatura al lado de las casas prefabricadas de Avocado Acres, el parque de casas móviles.

El parque se llamaba así porque estaba rodeado por tres lados por la plantación de aguacates más grande de Lemon Tree, California. Según abuelita, el nombre de Lemon Tree no tenía nada de descriptivo, porque no se veía ni un solo cítrico. Solo había un limón gigante de plástico sobre un pedestal en Spray 'n Play, un parque de juegos infantiles con cafetería y lavado de autos, y uno de nuestros lugares favoritos. Ese limón era un homenaje a las plantaciones de cítricos que había en el condado de San Diego antes de que los constructores llegaran y construyeran casas en todos los pedazos de tierra disponibles. Solo quedaba la plantación de aguacates, una miniatura en el centro de la ciudad y el último espacio rural de Lemon Tree.

Ya habíamos retirado los platos de la cena con el pollo asado de los miércoles y Owen había empezado a hacer su tarea de segundo grado a toda velocidad, como un caballo al galope. Normalmente la gente se dejaba engañar por su aspecto y pensaba que Owen iba mal en la escuela porque había nacido con la cabeza inclinada hacia un lado y aplastada contra el hombro. Después de tres operaciones en el Hospital Pediátrico, su cabeza se había enderezado un poco, pero todavía hablaba con voz de rana porque en su interior algo había quedado comprimido. Además, tenía una pierna más corta que la otra, así que caminaba como un caballito mecedor, pero aparte de eso, era perfectamente normal.

Al contrario de lo que solía pensar la gente a primera vista, sacaba las mejores notas de su clase.

Abuelita, con su habitual traje de pantalón de poliéster y sus zapatos deportivos, se arreglaba el peinado como todas las semanas, enrollando el escaso cabello azul que le quedaba en esos nuevos ruleros que no necesitaban pinzas. (Lo de su pelo no lo digo como insulto; realmente parecía azul bajo la luz del sol). Y yo rumiaba sobre mi triste situación en la escuela, donde tres niños de mi clase de quinto grado habían decidido que Outlaw era el apellido más divertido del mundo. No me dejaban ni un minuto en paz.

Una de sus frases favoritas era: "¿Robaste algún banco últimamente?"; o al verme saltaban con los brazos en alto y gritaban: "¿Es esto un atraco?".

Mi maestra, la señora Morimoto, me dijo que no les hiciera caso, pero lo intenté y no sirvió de nada. Estaba tan harta que decidí escribir una lista de lo que les contestaría para avergonzarlos. En la parte superior de la página de mi cuaderno escribí: "Cómo lograr que los niños dejen de burlarse de mi apellido".

Le mostré el cuaderno a abuelita para ver si a ella se le ocurría alguna idea.

—Naomi, he vivido con ese apellido desde que me casé con tu bisabuelo, que en paz descanse, hace casi cincuenta años, y estoy muy orgullosa de él. Además, en la vida hay cosas peores.

—Pero tú no vas a la escuela primaria de Buena Vista —respondí.

Se rió.

—Es verdad, pero te aseguro que los niños no han cambiado ni un pelo y no se avergüenzan fácilmente. Ya sabes lo que opino sobre ese tema. ¿Por qué no escribes "No me importa que esos chicos me molesten"?

Abuelita decía que si tenías una actitud mental positiva, conseguías lo que querías y, cuando lo conseguías, decía que era una profecía autocumplida. Si querías ser la mejor de la clase en ortografía, tenías que repetirte una y otra vez "soy la mejor" y entonces, casi sin darte cuenta, practicabas y te convertías en la mejor. Era algo casi mágico y abuelita creía en ello con toda su alma, pero no siempre funcionaba como yo esperaba. Una vez, cuando Owen y yo éramos los únicos niños del parque de casas móviles, mantuve una actitud mental positiva durante un mes entero para que llegaran más niños a Avocado Acres, pero solamente llegó una familia con un muchacho de quince años y un bebé recién nacido. Abuelita insistió en que mi actitud mental positiva había tenido éxito, pero yo me llevé una gran decepción.

Antes de que pudiera anotar la sugerencia de abuelita, Owen estornudó con tanta fuerza que se le llenaron los ojos de lágrimas.

—¡Owen, me has mojado la página! —dije, alisando el papel y tratando de secar los puntos mojados.

—Lo siento —dijo, y volvió a estornudar.

—Dos visitas —dijo abuelita con plena seguridad. Era otra de sus creencias de Oklahoma; tenía montones y las creía a pies juntillas. Esta creencia consistía en que si estornudabas, alguien vendría de visita.

—Ya sabemos que Fabiola vendrá —dijo Owen.

Fabiola Morales vivía con Bernardo, su esposo, muy

cerca de nosotros en el centro de la plantación de aguacates. Bernardo cuidaba trescientos árboles y, a cambio,
no pagaba alquiler por su pequeña casa. Fabiola y abuelita
acababan de jubilarse de su empleo en los grandes alma-
cenes Walker Gordon, donde trabajaron treinta y cinco
años como costureras, haciendo arreglos, sentadas frente a
frente en sus mesas de costura. Como si esa no fuera suficiente familiaridad, Fabiola venía todas las noches, de lunes
a viernes, a ver *La rueda de la fortuna*. Hasta ahora, abuelita
y Fabiola habían visto 743 episodios semanales seguidos,
sin perderse ni uno solo. Esa era su mayor hazaña.

—Bueno, entonces Fabiola cuenta por una visita —dijo
abuelita, colocándose un rulero—. Me pregunto quién será
la otra.

Miré a Owen con resignación. Una mosca sería suficiente para que abuelita viera su predicción cumplida.

—¿Y la señora Maloney? —dijo Owen.

La señora Maloney tenía ochenta y ocho años y vivía
en una casa prefabricada junto a la nuestra. Salía todas
las tardes a regar sus cactos, las rocas y los conejitos de

cemento y después se acercaba a visitarnos. Abuelita decía que podíamos estar seguros de dos cosas sobre la señora Maloney: una era que llevaba la misma bata de algodón a cuadros rosados todos los días (yo me imaginaba que tenía docenas colgadas en el armario) y la otra, que se acostaba a las seis en punto.

—No, no será la señora Maloney —dije—. Ya son más de la seis.

Mordisqueé la punta del lápiz y volví a concentrarme en la lista, que según abuelita era una de las cosas que mejor hacía. Tenía todo tipo de listas en mi cuaderno. La más corta era la que decía "Cosas que hago bien": 1) Tallar figuras en jabón, 2) Preocuparme y 3) Hacer listas.

Tenía una lista de mis "Preocupaciones diarias": 1) Abuelita se morirá porque es muy anciana, 2) Owen nunca se pondrá bien, 3) Me olvidaré de algo si no hago una lista, 4) Perderé mis listas y 5) Miedos. Hacía listas de palabras espléndidas, tipos de piedras, libros que había leído y nombres poco comunes. Eso sin mencionar las listas que había copiado, como "Nombres de crías de animales", "Razas de caballos" y mi favorita actualmente: "Grupos de animales del libro *Todo el reino animal con más de 200 fotografías*".

El señor Marble, el bibliotecario y, sin duda, la mejor persona de la escuela Buena Vista, me había dado el libro el día anterior, cuando entré en la biblioteca a la hora del almuerzo. Me dijo:

—Naomi Outlaw —siempre me llamaba por mi nombre completo—, hoy es tu día de suerte. Tengo un tesoro para ti, ya lo marqué en tu tarjeta. Te lo entrego con gran ceremonia.

Entonces puso el libro en las palmas de sus manos, se hincó sobre una rodilla y me lo ofreció como si fuera una caja de joyas. (Añadí *ceremonia* a mi lista de "Palabras espléndidas").

El señor Marble nos permitía a mí y a otros dos estudiantes almorzar todos los días en las mesas ovaladas de la biblioteca. Comer allí iba contra las normas de la escuela, pero al señor Marble no le importaba. Simplemente nos sonreía, se arreglaba la corbata y nos decía: "Bienvenidos al santuario". (*Santuario* también fue directamente a la lista de

"Palabras espléndidas"). John Lee era uno de los estudiantes que almorzaban en la biblioteca. Sus padres eran los dueños de Lemon Tree Donuts. Era el niño más redondo de la escuela Buena Vista y uno de los más simpáticos. La otra era Mimi Messmaker. (Su nombre estaba en mi lista de "Nombres poco comunes" junto a Delaney Pickle, Brian Bearbrother y Phoebe Lively). Mimi tampoco se juntaba con las otras niñas de nuestro curso, esas que siempre estaban comparando maquillajes y quedándose a dormir en las casas de unas y otras. Mimi no era nadie especial en la escuela, igual que yo, pero ella no lo sabía. Yo no le caía bien y una vez me susurró "basura de remolque" cuando pasé por su lado. Después de eso, nunca más volví a dirigirle la palabra y las dos estábamos contentas así.

—Naomi —dijo abuelita—, ¿hay una página en tu cuaderno titulada "Maneras de enojar a mi abuelita"? Si la tienes, te agradecería que añadieras a esa lista tu flequillo despeinado.

Me arreglé rápidamente un fleco de pelo que me caía sobre los ojos. Estaba dejándome crecer el cabello para tener un largo parejo, pero mientras tanto necesitaba tres hebillas para sujetarme el flequillo a cada lado. Abuelita había empezado a llamarme "perro café despeinado" por mi cabellera espesa y desaliñada y mi tendencia al color café (ojos, pelo y piel). Me parecía a la rama mexicana de la familia, o por lo menos eso era lo que me habían dicho, y aunque Owen era mi hermano, él había salido a la familia de Oklahoma. Tenía los ojos marrones como yo, pero su piel era muy blanca y su pelo rubio estaba cortado a modo de tazón, un peinado que abuelita llamaba de "niño holandés". Por mi color, Owen decía que yo era el centro de un sándwich de mantequilla de cacahuate entre dos trozos de pan blanco, que eran él y abuelita.

—Gracias por hacerle caso a tu vieja abuela —dijo abuelita, colocándome un mechón de cabello detrás de la oreja.

—Tú no eres tan vieja —dije.

Se rió.

—Naomi, soy tu bisabuela y, según opinan muchos, no debería criarlos ni a ti ni a Owen. Las malas lenguas dicen que tengo un pie en la tumba y que debería haberlo pensado mejor, pero de todos modos me hice cargo de ustedes con todas mis energías. Que digan lo que quieran, porque yo me llevé el premio. El día que vinieron a vivir conmigo fue mi día de suerte.

—Hoy sí que es mi día de suerte. ¿Saben qué palabra tengo que escribir? ¡Bicicleta! —dijo Owen levantando la vista de su cuaderno.

Owen se alegraba de cualquier coincidencia que ocurriera en su vida, como querer una bicicleta nueva y que la palabra apareciera en su lista de ortografía. Mientras silbaba, empezó a escribir la palabra *bicicleta* una y otra vez en una hoja.

Abuelita terminó de enrollar su cabello, dejando filas blancas de cuero cabelludo al descubierto.

—Mi cabeza de payaso está lista —anunció.

Owen y yo nunca la contradecíamos porque los ruleros amarillos y morados ayudaban a crear esa impresión. Abuelita encendió la televisión con el control remoto, justo cuando estaban acabando las noticias. Cerré mi cuaderno, dejando mi lista por el momento y sabiendo de sobra que de todas formas nunca me atrevería a decirles ni "mu" a esos niños. De la alacena empotrada que había sobre mi cabeza, saqué una fuente de plástico donde estaba la última figura que yo misma había tallado en jabón.

Cuando Owen y yo vinimos a vivir con abuelita, yo no hablaba y me temblaban las manos todo el tiempo. Era muy pequeña para recordar por qué temblaban, pero la solución de abuelita fue mantener mi mente y mis manos ocupadas. La idea de que yo tallara figuras en jabón fue de Bernardo, que decía que yo había nacido con ese don. Bernardo practicaba su *hobby* en el cobertizo, haciendo cajas de madera y estantes de libros en miniatura en los que después pintaba pequeños pueblos y puestas de sol con colores brillantes. Era un arte de Oaxaca, su ciudad natal en México. Y yo me sentaba a su lado con una barra de jabón y una herramienta para tallar. Abuelita no soportaba la idea de que yo usara un cuchillo, así que Bernardo me enseñó primero a tallar con un clip doblado. A medida que fui aprendiendo, me gradué en el uso de un cuchillo de plástico, un cuchillo de mantequilla y, finalmente, un cuchillo de pelar papas.

Tomé mi cuchillo y un pato a medio tallar del montón de virutas resbaladizas que había en el fondo del tazón. Ya había terminado otros dos patos, uno más pequeño que el otro, pero quería un tercero para colocarlos en la repisa sobre el fregadero de la cocina. Nunca me bastaba con tallar una sola figura y siempre prefería hacer dos o tres, ya fuera un grupo de leones o un círculo de osos. Hinqué el cuchillo en la pastilla de Nature's Pure White. El jabón cayó sin resistencia en el tazón, como si fuera queso blanco rallado. Tallé un arco para terminar la curva de la espalda hasta la cola. Sentí la delgada película sobre mis manos como si fuera un guante fino. Después de unos cuantos minutos, me llevé las manos a la nariz para oler el aroma que me recordaba cuando era bebé.

—¡Acabé con la ortografía! —dijo Owen mientras cerraba los libros. Se acercó a mí y se quedó parado mirando lo que hacía.

—Naomi, ¿cómo sabes qué cosas vas a tallar?

—Me imagino lo que hay adentro y quito lo que no necesito —le respondí sin levantar la cabeza. Añadí lentamente los toques finales al pato, haciendo unas marcas con la punta del cuchillo para que parecieran plumas. Me encantaba esta parte del trabajo, los grabados y las ranuras que daban vida a la figura. Estaba a punto de alisar la base para que quedara plana y el pato no se balanceara sobre la repisa, pero no llegué a hacerlo porque alguien llamó a la puerta.

2 La manada de zorros

Los golpes en la puerta sonaron más fuerte y alguien gritó:

—¿Hay alguien en casa?

—Esa no es Fabiola —dijo abuelita—. Naomi, ¿esperas a alguien?

Negué con la cabeza. Pensé que ya había oído antes esa voz, pero no recordaba quién era. Al apartar el tazón, mi mano se crispó y las tres figuras de jabón cayeron al piso bajo una lluvia de suaves virutas blancas.

—¡Dios Santo, Naomi! —dijo abuelita—. Parece que el zorro se ha metido en el gallinero. Limpia eso a la velocidad del rayo y yo abriré la puerta.

Abuelita se incorporó, apagó la televisión y llegó a la puerta de una zancada.

—¿No dije que tendríamos dos visitas? ¡Espero que no sea alguien que quiera venderme algo y me vea con mi cabeza de payaso! Desde luego que no necesito que vengan a venderme maquillaje.

Si era un vendedor, tendría que hablar con abuelita a través de la rejilla porque ella jamás salía del remolque con los ruleros puestos.

Abuelita abrió la puerta. Entrecerró los ojos como si se esforzara por ver bien.

Mientras limpiaba el jabón del piso, estiré el cuello para ver quién estaba en la puerta.

—Bueno, ¿no me invitas a entrar?

Parecía que abuelita había visto una aparición, que es como ella llama a los fantasmas. Finalmente se hizo a un lado y una mujer entró arrastrando una enorme bolsa de basura. Tuvo que jalar con fuerza para que pasara por la estrecha puerta.

—Conseguí meter todas mis cosas en esta bolsa y eso es un milagro —dijo la mujer—. Fue difícil encontrarlos a ustedes. Busqué en tres guías telefónicas antes de encontrar la dirección. ¡Nunca imaginé que vivieran en un parque de casas móviles!

La mujer vestía *jeans*, botas rojas y una chamarra de cuero negro, y usaba un perfume pesado y dulzón que olía a gardenia. Su cabello era del color de un crayón marrón, entre el rojo y el morado. Por algún motivo, no podía apartar la vista del carmín de sus labios. Era exactamente del mismo color de su cabello y subía y bajaba formando una *M* perfectamente redondeada en su labio superior.

Owen olfateó el aire dulzón.

La mujer nos miró a Owen y a mí y dijo como si estuviera cantando: "hoo-laaa".

Como vio que no reaccionábamos, se sentó en el banco que servía de asiento para la mesa de la cocina. Cuando la mesa se retiraba, el asiento también servía de cama plegable. Se quedó mirándonos un momento y luego se volvió hacia abuelita, que todavía estaba parada junto a la puerta abierta de par en par, y dijo:

—¡Pero mira qué bebés!

Pensé que nadie en sus cabales me confundiría con un bebé. Era cierto que Owen parecía más un niño de kinder que de segundo grado de primaria, pero desde luego que no tenía nada de bebé.

Finalmente, abuelita cerró la puerta.

—Vaya, ustedes sí que crecieron —dijo la mujer.

Una sensación extraña e incómoda invadió mi estómago.

—Naomi, Owen —dijo—, ¡vengan ahora mismo y denme un abrazo!

Abuelita asintió con la cabeza, aunque todavía parecía perpleja.

—No puedes llegar después de todos estos años y pretender que estos niños te reconozcan.

—No digas tonterías —dijo la mujer—. Un niño siempre reconoce a su mamá. ¿Verdad, queridos?

Las palabras bullían en mi mente.

—¿Nuestra madre? —dijo Owen. Su voz ronca se quebró.

Mi corazón latía con tanta fuerza que temí que se saliera del pecho, mientras mis pensamientos saltaban de arriba a abajo, como si estuvieran sobre un trampolín, y chocaban contra los rincones de mi mente. Tenía la cara redonda, como la de Owen, y la piel tan blanca que era casi rosada, igual que la de Owen. Supongo que eso provenía de la parte de Oklahoma que llevaba dentro, pero no se parecía en nada a la adolescente rubia de las fotografías que abuelita nos había mostrado durante años. Sin embargo, sus ojos y su perfume me resultaban extrañamente familiares.

—Naomi, Owen, vayan a su cuarto para que yo pueda hablar con Terri Lynn —dijo abuelita.

—Oh, ya no me llamo así. Me cambié el nombre. Ahora me llamo Skyla. ¿No es lindo? Naomi, Owen, vengan aquí. Quiero abrazar a mis hijos.

Miramos a abuelita y ella asintió.

Owen se acercó primero y abrió los brazos para abrazar a Skyla, pero antes de que pudiera hacerlo, ella le dijo:

—Oh, mira, tienes algo pegado en la camisa.

Empezó a quitar la larga tira de cinta adhesiva que Owen llevaba pegada sobre el pecho.

Owen agarró la cinta.

—¡No! —gritamos abuelita y yo al mismo tiempo.

—Le... le gusta —dije yo.

—Es su pequeño consuelo —dijo abuelita.

Algunos niños llevan frazadas o animales de peluche. A otros les gusta jugar con un mechón de su cabello o chuparse el dedo. Owen tenía que llevar cinta adhesiva pegada a la camisa, esa cinta transparente que se usa para envolver regalos. Por algún motivo le producía una satisfacción especial.

Skyla retiró la mano.

—¿La lleva puesta a propósito?

Miró a abuelita, me miró a mí y después a Owen. Entonces empezó a reírse.

—Mujer, ¿qué le hiciste a este niño?

Abuelita entrecerró los ojos hasta que quedaron pequeños como los de una paloma.

—Está perfectamente bien. No le pasa nada.

Owen miró a Skyla como si fuera la princesa de un cuento, pero no retiró las manos de la cinta. Luego le dedicó su sonrisa más enorme (juro que abrió tanto la boca, que era más grande que su cara) y dijo lánguidamente:

—No importa, tú no lo sabías.

Me acerqué a Skyla y ella me puso las manos sobre los hombros, manteniéndome a distancia. Me dio esa clase de abrazo que consiste en inclinarse con rapidez y rozar la mejilla del otro. No fue el abrazo de "hace siete años que no te veo" que yo hubiera esperado. Después hizo lo mismo con Owen. Rodeé con un brazo al Señor Ojos Brillantes y lo llevé a nuestra habitación.

Tan pronto como llegamos, Owen me tomó de las manos y empezó a saltar.

—¡Es nuestra madre! ¡Es nuestra madre! Quizás nos echaba de menos y quiere saberlo todo de nosotros y nos trajo regalos...

—Shhh. ¡Owen, basta! —dije. Estábamos a un paso de la sala-cocina, separados tan solo por una delgada puerta de acordeón, que yo no cerré. Quería oír la conversación, palabra por palabra.

—Necesito un lugar para quedarme un tiempo —dijo Skyla.

—Estos niños no te conocen.

—Bueno, ya era hora de que me conocieran.

—Deberías haberlo pensado hace años —dijo abuelita—. No permitiré que vengas aquí a complicar sus vidas, Terri Lynn.

—Ya te dije que me llamo Skyla.

—¿Y de dónde sacaste ese nombre? —dijo abuelita.

—Clive, mi nuevo novio, dice que no parezco una Terri Lynn. Dice que soy muy linda para tener ese nombre. Por eso ahora me llamo Skyla Jones. Vuelvo a usar mi apellido de soltera. Y para tu información, no he venido a complicar la vida de esos niños. Solo vengo de visita mientras Clive está en un curso.

—¿Un curso de qué? —dijo abuelita.

—Es artista, hace tatuajes —dijo Skyla—, y no me mires así. Se gana buen dinero con los tatuajes. Está aprendiendo a hacer dragones y llamas con un tipo que vive en San Diego. Clive se alojará con él en su estudio, pero es demasiado pequeño para que yo también me aloje, y como estaba por aquí, pensé, bueno ya sabes, que era una buena oportunidad para reestablecer el contacto con mis hijos.

—¿Dónde estuviste todo este tiempo? —preguntó abuelita.

—Tuve algunos problemas...

—¿Qué clase de problemas?

Aunque agucé el oído, sus voces formaron una espiral de susurros y no pude oír lo que decían.

Entonces oímos que Skyla gritaba:

—Estés o no estés de acuerdo, yo soy su madre y Clive dice que tengo derechos.

Entonces pudimos oír claramente a abuelita:

—Dejaste a esos niños conmigo cuando el niño tenía un año, cubierto de pies a cabeza con picaduras de insectos infectadas. Naomi tenía cuatro años y no habló hasta que cumplió casi los seis...

—No lo cuentes como si fuera tan grave —la interrumpió Skyla—. Naomi siempre fue testaruda y callada, y Owen simplemente tenía unas cuantas picaduras de pulgas.

—No, señora —dijo abuelita—. Naomi fue a un psicólogo durante dos años. Tenía mutismo selectivo, así se llama, por inseguridad, y solo Dios sabe debido a qué otros traumas de infancia. Eso es lo que el psicólogo nos dijo, y Naomi todavía no habla demasiado. Owen pasó tres meses tomando antibióticos para curarse. No quiero saber qué pasó en México que provocó esos horrores en los niños. Y ahora, siete años después, sin haber enviado una sola postal ni haber llamado por teléfono ni una sola vez para decirnos que estabas viva, ¿hablas de tus derechos? —La voz de abuelita se quebró levemente—. Terri Lynn, ellos... ellos están unidos a mí. Me prometiste que me dejarías educarlos como es debido sin interferencias. En eso quedamos antes de que te marcharas.

—Ahora Naomi y Owen parecen estar bien, así que no lo debí hacer tan mal. Y he cambiado de parecer, ahora sí quiero verlos, eso es todo. Me marcho para encontrarme con Clive, pero volveré más tarde. Y te agradecería que me llamaras Skyla.

Cuando la puerta de la casa-remolque se cerró, el piso tembló bajo nuestros pies. Owen y yo corrimos a la ventana y nos asomamos. Bajo la luz del porche vimos a Skyla entrar en un Mustang rojo, retocar el carmín de sus labios y arrancar el auto. Atravesó el parque de casas móviles a más de las quince millas de velocidad que marcaba la señal.

Una parte de mí se moría por volver a verla. La otra parte hacía que me retorciera las manos como si estuviera participando en la Olimpiada de la Preocupación. De repente tenía millones de preguntas. ¿Por qué había vuelto? ¿Cuánto tiempo se quedaría? ¿Le gustaríamos? ¿Nos gustaría ella a nosotros? Mis pensamientos se hicieron un revoltijo y forcejearon hasta que se apretaron en un fuerte nudo y se pegaron a mi cerebro como un cardo enredado en el pelo largo de un perro.

el lamento de los cisnes

Empapada en agua, abuelita no pesaba ni 100 libras e incluso con sus zapatos deportivos no medía ni cinco pies. Ahora, sentada con su delgado cuello inclinado sobre la mesa, parecía un cisne mirándose en un lago.

Owen y yo nos colocamos frente a ella sin hacer ruido. Entrelazó las manos y nos miró. Parecía cansada, pero no cansada y alegre como cuando pasaba todo el día trabajando en el jardín con Fabiola. En sus ojos vi que estaba cansada y preocupada, como si estuviera a punto de pasar algo malo. Los ruleros morados y amarillos sobre su cabeza parecían demasiado alegres para su cara.

—Supongo que no recuerdan muy bien a su madre —dijo abuelita, hablando muy lentamente, como si no pudiéramos entenderla si hablara más deprisa—. Ya les conté cómo vino Terri Lynn a vivir conmigo...

Lo habíamos oído, pero solamente una vez con detalles retocados porque a abuelita no le gustaba hablar una y otra vez de sucesos ocurridos en el pasado. Owen y yo nos lo habíamos contado mutuamente tantas veces que parecía que recitábamos un cuento. Todo empezó hacía mucho tiempo, cuando abuelita se quedó viuda. Su hija se casó y se fue a vivir a Kentucky. Abuelita decía que se le rompió el corazón cuando su única hija se marchó a un estado tan lejano. Su hija y su yerno tuvieron una hija, Terri Lynn. Abuelita la vio muy pocas veces cuando era niña. Después, cuando Terri Lynn era adolescente, sus padres tuvieron un accidente de auto y murieron dos semanas después en el hospital. Terri Lynn fue a vivir con sus otros abuelos. Por lo que abuelita sabía, Terri Lynn era tan rebelde que sus abuelos finalmente no quisieron que viviera con ellos. Abuelita era su único familiar vivo, así que sus otros abuelos pusieron a Terri Lynn en un autobús y la mandaron a Lemon Tree. Terri Lynn llegó furiosa con el mundo y convertida casi en una mujer.

—Cuando vino a vivir conmigo, ya no había mucho que hacer, era muy alocada —dijo abuelita—, y entonces... entonces...

—Entonces, un verano, Walker Gordon organizó una

excursión al campo con la empresa y tú llevaste a Skyla —continué yo—, y Fabiola y Bernardo llevaron a varios hombres mexicanos de su ciudad natal que estaban de visita.

Abuelita asintió.

—Terri Lynn conoció a Santiago, un hombre dulce, amable y muy apuesto. Parecía uno de esos cantantes latinos que salen en las revistas. Era muy inteligente, lleno de vida y hablaba suficiente inglés para hacerse entender. Los dos se enamoraron locamente. Al menos durante un tiempo. Realmente no eran más que unos niños.

—Entonces se casaron —dijo Owen— y tuvieron primero a Naomi y luego a mí.

—Vivían en un pequeño apartamento, pero eran como dos gatos furiosos encerrados en una caja de madera —dijo abuelita agitando la cabeza—. Además, las obligaciones que vinieron con ustedes se añadieron a ese guiso, y su matrimonio no acabó de espesar. Pensaron que si se marchaban a México todo sería mejor.

—Entonces nos llevaron a playa Rosarito para que nuestro papá ganara mucho dinero pescando y nuestra mamá ganara mucho dinero trenzando el cabello de la gente en la playa —dijo Owen.

—Después se divorciaron. Papá se quedó en México y mamá se marchó a buscarse la vida y nosotros vinimos a vivir contigo.

—Mi apartamento era tan pequeño como una lata de sardinas —dijo abuelita—. Y ahí estaba yo, con ustedes dos y Owen hecho un desastre. Estaba convencida de que los niños necesitaban espacios abiertos para actuar como monos salvajes. Fabiola me habló del parque de casas-remolque, rodeado de aguacates. Sospecho que Fabiola y Bernardo querían que estuviéramos cerca de ellos para ayudarme con ustedes. Siempre les tuvieron cariño porque el papá de ustedes es de su pueblo. Y bueno, yo pensé que sería bueno para ustedes estar cerca de ellos, en contacto con su lado mexicano.

—Lo hiciste muy bien —dije, acariciando la mano de abuelita.

—Y ahora mamá ha vuelto —dijo Owen, confuso—. Eso es bueno, ¿verdad?

—Owen, cielo, me preocupa lo que tiene de bueno y lo que tiene de malo —dijo abuelita.

Uno de sus dichos favoritos era que a veces lo bueno y lo malo de una situación era lo mismo. Cuando era chica me costaba comprender esa idea, pero ahora empezaba a entenderla. En mi cuaderno incluso tenía una lista que decía "Cosas que son buenas y malas a la vez": 1) Vivimos en una casa-remolque, así que vivimos de forma muy sencilla y sin demasiadas cosas, 2) Tenemos aguacates que crecen muy cerca y podemos comer tantos como queramos hasta enfermar, 3) Abuelita es una experta costurera y hace toda nuestra ropa de retazos de poliéster, 4) Abuelita se jubiló y puede dedicarnos todo su tiempo a mí y a Owen.

Ahora podría añadir: 5) Nuestra madre volvió ¿Qué será lo malo que se imagina abuelita?

—¿Dónde dormirá? —preguntó Owen—. ¿Y si duerme en mi cama y yo duermo en el piso? Me puedo imaginar que estoy acampando.

Bebé Beluga constaba de una sala-cocina, nuestro dormitorio con dos camas, una junto a la otra (con cajones en la parte de abajo), un pequeño pasillo que conducía al dormitorio de abuelita y un cuarto de baño diminuto. Eso era todo.

—Creo que ya vivimos casi como si estuviéramos acampando —dijo abuelita—. Ella puede dormir en la cama plegable que hay debajo de la mesa.

—¿Adónde fue? —preguntó Owen.

—Salió —dijo abuelita frunciendo el ceño.

—Quizás vuelva enseguida —dijo Owen todo entusiasmado—. Quizás fue a buscar pizza y helados para que podamos sentarnos juntos y hablar de todo lo que hemos hecho durante estos años.

Abuelita y yo lo miramos. Su inagotable bondad empezaba a irritarme.

—Owen —dijo abuelita—, creo que eres demasiado inteligente para pensar eso.

Se oyeron dos golpes rápidos y la puerta se abrió.

—¡Hola! Aquí estoy. Hice tapioca—. Era Fabiola, justo a tiempo para ver *La rueda de la fortuna*. Traía un tazón de cerámica y vestía uno de esos delantales de flores que se meten por la cabeza, pero era tan bajita y rechoncha que

LIBRARY
DEXTER SCHOOLS
DEXTER, NM 88230

llevaba el delantal enrollado en la cintura para no arrastrarlo por el piso. Abuelita decía que la misión en la vida de Fabiola era alimentar al mundo con su sonrisa. Tenía los ojos rodeados de pequeñas arrugas provocadas por la sonrisa y el rostro enmarcado por rulos morenos. Nunca la había visto sin sus pequeños aretes de oro.

Fabiola miró a abuelita y preguntó:

—¿Qué pasó, María?

El nombre de pila de abuelita era Mary, pero Fabiola siempre la llamaba por su nombre traducido al español.

—Terri Lynn estuvo aquí. Ha vuelto. Pero no podemos llamarla Terri Lynn —dijo Owen—, porque ha cambiado su nombre a Skyla.

—¿Skyla? —dijo Fabiola, arrugando la frente.

Nadie dijo ni una palabra. Oí gotear la manguera de agua de un vecino.

En pocos segundos, la cara de Fabiola también se volvió cansada y preocupada.

—Ven —dijo Fabiola, mientras dejaba la tapioca sobre la mesa—. Tenemos que contárselo a Bernardo.

Abuelita se levantó y se puso un suéter. Luego nos pasó los nuestros a Owen y a mí.

Miré a Owen. Tenía los ojos y la boca abiertos de par en par. Se bajó del banco, abrió el cajón, sacó un rollo de cinta adhesiva y la examinó. Luego se lo metió entero en el bolsillo.

Yo agarré mi cuaderno, tomé a Owen de la mano y salí detrás de abuelita y Fabiola.

En ese instante supe que el hecho de que Skyla hubiera entrado por la puerta de Bebé Beluga era tan serio como para cambiar nuestras vidas. Lo supe por dos motivos, y sospecho que Owen también lo supo. Primero, abuelita salió de la casa-remolque detrás de Fabiola con su cabeza de payaso. Segundo, y eso sugería en mi mente la posibilidad de una catástrofe, abuelita y Fabiola se iban a perder el episodio de *La rueda de la fortuna*, con lo que no llegarían a su récord de 744 noches seguidas.

Un farol proyectaba un camino de luz entre los aguacates. No es que lo necesitáramos. A lo largo de los años
habíamos abierto un sendero hasta la puerta de Fabiola y
podíamos llegar allí con los ojos cerrados. Un poco más
allá, el resplandor iluminaba el huerto y le daba el aspecto
de una isla reluciente. Las ramas de los árboles parecían
paraguas negros gigantes sobre nuestras cabezas. Cuando
pasamos junto al gallinero de alambre, las gallinas clo-
quearon suavemente. Normalmente nos deteníamos para
acariciarlas, pero abuelita y Fabiola caminaban de una
manera que indicaba que no era posible pararse. Nos llevaron hasta el pequeño claro que había delante de la casa de
tejado plano.

Lulú, la diminuta perra faldera de Fabiola, vino saltando hacia nosotros, moviendo la cola y agitando su pelo
negro y rizado. Owen la tomó en brazos. Bernardo salió
del cobertizo y se quedó parado en el cuadrado de luz que
se proyectaba por la puerta. En la mano sostenía papel de

lija y una tabla corta de madera. Era un poco más alto que un poste de la cerca y su piel era del color de las almendras tostadas.

Cuando Bernardo vio que nos apresurábamos hacia él, echó hacia atrás el sombrero vaquero de paja que cubría su pelo cano y sonrió de oreja a oreja sin importarle mostrar sus dientes torcidos, algunos hacia afuera.

—¿Qué pasó? —preguntó mientras su sonrisa se desvanecía.

Fabiola habló en español, las palabras le brotaban a toda velocidad. Terminó la cadena de frases colocándose las manos sobre las caderas y diciendo "Skyla".

Cualquiera podría pensar que, como soy medio mexicana, yo también hablaba español, pero no era así. Entendía un poquito por haber estado con Bernardo y Fabiola durante todos estos años, pero cuando trataba de imitarlos, las palabras parecían canicas moviéndose en mi boca.

Bernardo escudriñó el huerto con aire de sospecha, como si alguien pudiera estar espiándonos y dijo:

—Mejor entremos.

El pequeño hogar de Fabiola y Bernardo era muy espacioso comparado con nuestra casa-remolque. Tenía tres dormitorios, uno de ellos organizado como sala de costura donde abuelita y Fabiola todavía hacían arreglos. En ese momento trabajaban en un vestido de novia y catorce vestidos de damas de honor para una boda que se celebraría el primer fin de semana de diciembre. En la sala, había colchas de ganchillo a rayas sobre el respaldo del sofá y las sillas. Alfombras trenzadas de colores formaban pequeños puentes entre una habitación y la otra. Había estantes de libros hechos por Bernardo en todas las paredes. Las mesitas estaban repletas de fotografías de la graduación de la escuela secundaria de sus dos hijos y fotografías con sus uniformes del Ejército de los Estados Unidos. También había fotos de Owen y mías tomadas en la escuela.

Sin decir ni una palabra, todos nos sentamos en nuestro sitio en la sala: Bernardo en el sillón reclinable con Owen sobre las rodillas, Fabiola en un extremo del sofá, yo en el otro y abuelita en la mecedora.

Abrí mi cuaderno y esperé.

—Naomi, no creo que sea apropiado tomar notas ahora.

—Por si acaso —susurré. No quería olvidar nada importante de lo que se dijera.

Abuelita respiró profundamente.

—Siempre temía que llegara este día.

—¿Qué pasará ahora? —susurré apenas.

—No estoy segura —dijo abuelita—. Supongo que su mamá tiene derecho a visitarlos y ustedes tienen derecho a conocerla. Además, quiero que vea que sus hijos están sanos y felices y bien adaptados aquí conmigo. Espero acordarme de llamarla Skyla. No quiero que se enoje.

—¿Y los niños? ¿Podría llevárselos? —preguntó Fabiola.

—Bueno, cuando apareció en mi puerta hace siete años yo no sabía si se quedarían conmigo varias semanas o meses. Tuve la precaución de pedirle a Skyla que escribiera una carta dándome permiso para llevarlos al doctor y darles medicinas, si era necesario, y para inscribirlos en la escuela. Pero aparte de eso, no tengo ningún derecho sobre ellos... excepto que yo los crié. Después de tantos años de ausencia, añadí mi apellido al de Owen y Naomi en todos sus papeles para que tuviéramos un marco familiar. Eso fue porque quise, pero no tiene valor legal.

Antes, nuestros nombres eran Owen Soledad León y Naomi Soledad León. Cuando abuelita añadió su apellido, Outlaw, lo adopté sin problemas (hasta este año) porque la hacía muy feliz.

—Skyla ha tenido una vida muy difícil —dijo Fabiola—. Quizás ha madurado y quiere presentarse ante Naomi y Owen y por eso vino.

Pensé que Fabiola se parecía un poco a Owen cuando se trataba de ver el lado positivo de todo.

—Me encantaría creer que ha cambiado —dijo abuelita.

—¿Cambiado? —pregunté.

—Naomi, ella siempre fue tan temperamental como una gota de agua sobre una sartén caliente. Espero sinceramente que haya mejorado un poco.

—¿Quieres que los niños se queden con nosotros? —preguntó Bernardo.

Abuelita no respondió enseguida.

—No, es mejor que estemos juntos. —Tomó aire profundamente y se levantó—. Debo acostarlos y preparar la cama plegable.

Fabiola se levantó y abrazó a abuelita. Los ojos de abuelita se llenaron de lágrimas.

Fabiola me dio un abrazo y otro a Owen. Entonces Bernardo nos acompañó hasta la salida de la plantación. Abuelita se secó los ojos en la oscuridad de los árboles. Nunca, ni una sola vez, había visto a abuelita llorar de tristeza y no estaba acostumbrada a verla conmovida por sus emociones. Yo temblaba por dentro como si estuviera sobre el tejado de un edificio de tres pisos, mirando hacia abajo.

Cuando me acosté, cerré los ojos, pero no pude dormir. Intenté con todas mis fuerzas recordar algo sobre mi madre. Recuerdos de un lugar lejano luchaban por emerger en mi mente, pero nadaban en cámara lenta en un sirope espeso hacia algún punto despejado de mi mente... Solo surgían mis fantasías, lo que yo había imaginado sobre ella.

A lo largo de los años, mis tres categorías favoritas de

"Madres posibles" eran: 1) Voluntaria, 2) Mujer de negocios y 3) Cuidadora de niños. Había imaginado que era
una de esas madres sonrientes que iban a la escuela dos
veces a la semana, trabajaba como voluntaria en la clase y
ayudaba en el patio. Invitaba a mis amigos a casa después
de la escuela y era presidenta del grupo de padres y maestros. Todos los maestros querían que yo estuviera en su
clase porque así también tendrían a mi maravillosa mamá.
A veces me la imaginaba como una mujer de negocios que
vestía trajes, chales elegantes, aretes de diamantes y zapatos de tacón alto que repiqueteaban en los pasillos. Venía
a la clase el Día de los Oficios y hablaba del importante
cargo que tenía en una oficina de San Diego. También imaginaba que era como una de las mamás que trabajaban en
la escuela infantil que quedaba cerca. Nos esperaba en la
esquina para acompañarnos a casa después de la escuela,
vistiendo un delantal manchado de verde y llevando un
ramo de flores en la mano.

Pero desde el primer momento, Skyla no se pareció a
ninguna de las mamás de mi lista ni a mis fantasías.

Tenía un solo recuerdo de mi padre y de México. Owen y yo estábamos acurrucados en una habitación cerca del mar. Caían relámpagos y oía los truenos y el romper de las olas. Llovía tanto que el agua se filtraba por el tejado. Cuando miré hacia arriba, entre las ráfagas de agua vi un remolino de colores, una danza inquieta y saltarina rosada, azul y amarilla por encima de mi cabeza. ¿Qué sería? ¿Un sueño? Recuerdo que Owen señaló el techo y se rió como solía hacer, con una mezcla de risas y toses. Lo acuné, temerosa de bajarme de la cama. Lloré y lloré, hasta que nuestro padre entró corriendo.

Nos tomó en sus brazos y nos llevó a una vieja iglesia donde se había reunido la gente para guarecerse de la tormenta. Estábamos en un sótano donde había catres en hileras y mujeres que servían sopa. Recuerdo que lloré sobre la camisa de franela de mi padre, que sabía a sal. Para que me olvidara de los truenos y los relámpagos, mi padre encontró un trozo de jabón y talló un elefante. Me lo dio y me dormí abrazada a él. Cuando me desperté, mi padre se había ido y nunca más volvió. Bernardo siempre dice que mi talento de escultora seguramente pasó de las manos de mi padre a las mías. Yo preferiría tener a mi padre.

Cuando tuve más años, conseguí que abuelita me contara el resto de la historia. Me explicó que nuestro padre estaba pescando y se suponía que nuestra madre nos estaba cuidando. Pero ella se había ido de compras a Tijuana y nos dejó solos en la habitación del motel. Entonces vino la tormenta. Nadie pudo encontrar a nuestra madre durante varios días. Finalmente, apareció en la iglesia una semana después. Agarró nuestras cosas y nos llevó a Lemon Tree. Le dijo a abuelita que ella sola no podía hacerse cargo de dos niños, especialmente con uno deforme. Unos días después, ella también se fue.

Di vueltas y vueltas en la cama, tratando de ponerme cómoda, pero estaba hecha un lío. Finalmente me levanté y saqué una caja del cajón que había debajo de mi cama. La abrí y busqué con cuidado entre mis tallas de jabón de tortugas, perros y reptiles hasta que encontré una familia de elefantes. Los coloqué en fila, unidos por las trompas y las colas, sobre el estante de libros que había sobre mi cama. Después apoyé la cabeza sobre la almohada y cerré los ojos, mientras la caravana de estatuas lechosas velaba mis sueños.

el canto de los colibríes

Por la mañana, entré de puntillas en la sala-cocina. Skyla descansaba plácidamente en la cama plegable. Su cabello formaba una mancha casi morada sobre la almohada. Sin maquillaje me pareció más joven que la noche anterior. Estaba acostada de lado, con las piernas ligeramente encogidas. La curva de su cuerpo dejaba un espacio vacío, como un pequeño nido en medio de la cama. Deseé que estuviera despierta y que no tuviéramos que ir a la escuela. Me imaginé a Owen, mi mamá y yo acurrucados juntos, riendo y contando historias.

Me quedé mirando a Skyla durante tanto tiempo que no me di cuenta de que Owen estaba a mi lado hasta que me empujó suavemente y me dio una caja de cereal.

Por la rejilla de la pequeña ventana vi a abuelita regando las plantas de ave del paraíso que crecían a un lado del remolque. Llenamos los tazones tratando de no hacer ruido y salimos afuera a sentarnos en el sofá del patio, bajo el toldo del remolque.

Abuelita se acercó y se sentó frente a nosotros en la mecedora para dos personas.

—¿Se despertó? —preguntó abuelita señalando hacia Bebé Beluga con la cabeza.

—Está dormida —dijo Owen.

Abuelita se aclaró la garganta como si estuviera por hacer un anuncio.

—Cuando Skyla vino anoche, hablamos muy en serio. Me aseguró que solamente quiere pasar un tiempo con ustedes. Le daré el beneficio de la duda y veremos cómo se comporta. Creo que eso es lo correcto. Además, es natural que ustedes sientan curiosidad por su mamá.

Dejé el tazón de cereal y me acerqué a abuelita. La abracé con fuerza y no la solté.

—No te preocupes, Naomi —dijo abuelita, acariciándome la espalda—, sobreviviremos. Debemos plantar la luz del sol en nuestros cerebros.

Cerré los ojos con fuerza. Me imaginé mostrándole a Skyla mis animales tallados, uno a uno, mientras ella celebraba mi talento y yo resplandecía orgullosa como un pavo real.

La señora Maloney dio unos golpecitos en la ventana de su dormitorio y me despertó de mi sueño. Nos saludó con la mano y luego señaló a Owen.

—Casi me olvido —dijo abuelita mirando a Owen—. La señora Maloney necesita ayuda para cambiar de sitio el comedero de los colibríes. Le encanta verlos por la ventana, sus aleteos y su resplandor, pero les ha dado por lanzarse sobre el gato Tom y picotearlo. Le dije que irías a su casa después de la escuela.

Owen asintió con la cabeza y saludó con la mano a la señora Maloney.

—¿Estará Skyla aquí a la hora de cenar? —pregunté.

—No conozco sus planes, Naomi —dijo abuelita—, pero la invitaré.

Esa noche, casi habíamos terminado de comer las costillas de cerdo de los jueves cuando oímos detenerse el auto de Skyla sobre la grava. Un minuto después entró como un torbellino en la sala-cocina con las manos llenas de bolsas.

Abuelita, Owen y yo nos quedamos congelados con

los tenedores en el aire, igual que en los anuncios de la televisión.

—Hola a todos. ¡Hoy fui de compras! ¡Naomi, ven aquí y mira lo que te compré!

Skyla soltó las bolsas y empezó a sacar ropa.

—Oh, esto es para mí, pero mira, esto sí es para ti. ¿No te parece una camiseta lindísima? Y estos *jeans* son perfectos. Espero que te queden bien —dijo Skyla mientras me los daba.

Llevaba tanto tiempo vistiendo la ropa que me hacía abuelita en casa y la ropa de la tienda de segunda mano que no podía creer que me estuvieran ofreciendo unos *jeans* nuevos comprados en una tienda.

Skyla me miró y dijo:

—¿Y bien? ¿Te vas a quedar ahí sentada? Ven conmigo al dormitorio y pruébatelos.

Las cejas de abuelita se arquearon por la sorpresa.

Corrí al dormitorio y me probé los pantalones.

—¡Son perfectos! —dijo Skyla—. Ahora, pruébate esta camiseta. Si te queda bien, te compraré más.

La camiseta de algodón elástico era de color rosado claro y, por delante, tenía pequeñas cuentas brillantes en forma de mariposa. La había visto en la vitrina de Walker Gordon, pero nunca soñé que podía tenerla.

Salí para que abuelita y Owen me vieran, y Skyla me siguió.

Abuelita estaba de espaldas a nosotros, junto al fregadero.

Skyla se aclaró la garganta y dijo:

—¡Y aquí está la estrella de cine y televisión!

Abuelita se dio la vuelta, sonrió y aplaudió con las manos mojadas.

—¡Vaya, qué elegante! ¿Y Owen? —preguntó abuelita, como indicándole a Skyla que no se olvidara de él.

—Oh, hoy era el día de las compras para las chicas. La próxima vez compraré algo para Owen.

Owen le sonrió a Skyla y dijo con su voz áspera en un tono un poco alto:

—¡Gracias!

—¿Quieres alguna cosa en particular? —preguntó Skyla.

Owen corrió al dormitorio y volvió con la fotografía de una bicicleta sacada de una revista. Se la mostró a Skyla.

—A Naomi y a mí nos encanta ir a la tienda de bicicletas de Dan para ver las bicis nuevas —dijo.

—Owen —dijo abuelita—, estoy segura de que ese no es el precio que Skyla tiene en mente.

Skyla asintió.

—Bueno, habrá que pensarlo. Ahora, Naomi, ¿por qué no me dejas hacer algo con tu cabello?

—Es un tremendo desastre —dijo abuelita—. Me encantaría que no lo tuviera siempre en la cara.

Skyla se echó a reír.

—Hice trenzas con los cabellos más difíciles que puedas imaginar. Siéntate y empecemos. ¿Te molesta que te peinen?

—No —dije, mientras me quitaba la media docena de pinzas y me sentaba con las piernas cruzadas delante de ella.

Mientras Skyla desenredaba mi cabello, no podía dejar de pensar que las manos de mi madre estaban sobre mi cabeza. Tomó un peine de púas finas y lo pasó por mi cabello hasta que no quedó ni el más mínimo nudo. Después empezó por el centro y arriba, trenzando diminutos mechones de cabello uno sobre otro. Tenía los dedos ágiles y delicados y yo sentía como si estuviera tocando el piano sobre mi cabeza. Con el dedo meñique sacaba nuevos mechones para trenzar con el resto.

En cuestión de minutos dijo:

—Listo y qué linda estás. Mira, toma este espejo para verte por detrás.

Me paré de un salto y corrí al baño. No había ni un mechón de pelo fuera de lugar y la trenza estaba tejida como el borde enrollado de una cesta.

La toqué y la admiré durante quince minutos.

Skyla entró, se paró detrás de mí y miró en el espejo.

—Naomi, tu cara tiene la forma exacta de un corazón. ¿Lo habías notado?

Desde luego que nunca lo había notado, pero ahora que

tenía el pelo recogido hacia atrás me daba cuenta de que tenía razón.

—Ahora quédate conmigo mientras me arreglo el maquillaje. Clive y yo vamos a salir y quiero estar perfecta.

La contemplé mientras se ponía la base de maquillaje y el colorete y luego se pintaba la raya de los ojos y se ponía sombra. Tardó más de media hora. Me dio un brillo para labios transparente llamado "Húmedo como un silbido". Me lo puse y luego lo llevé a mi dormitorio y lo guardé en mi mochila. Me moría de ganas de ponérmelo en la escuela delante de las demás niñas.

De nuevo en el dormitorio de abuelita, vi a Skyla ponerse sus *jeans* ajustados y las botas, luego tomó su bolso y su chaqueta.

—¿Qué tal estoy? —preguntó, sonriendo.

—Linda —asentí, y la trenza me cosquilleó el cuello. Luego la seguí hasta la sala-cocina.

—¿Dónde está Owen? —dijo Skyla—. Tengo algo que decirles a los dos.

—Está intentando sacar el gato de la señora Maloney

de debajo de su casa móvil —dijo abuelita—. El pobre Tom tiene miedo de asomar la cabeza por miedo a que lo ataquen los colibríes.

—Qué buenos vecinos. Naomi, te lo digo a ti y tú sc lo dices. Vi en el refrigerador que las reuniones con los maestros son dentro de una semana. El próximo jueves, ¿verdad? Espero estar allí con abuelita para ver tu escuela y conocer a tus maestros. ¿No es maravilloso? Tengo muchas ganas de ir. Ahora tengo que marcharme a buscar a Clive. Los veo más tarde. Adiós.

Después de que cerró la puerta, yo seguía oliendo la fragancia de su perfume con olor a gardenia.

Me senté junto a abuelita. Ella me acarició la rodilla y me miró otra vez de arriba a abajo. Sonriendo y moviendo la cabeza como si tratara de desentrañar un rompecabezas, dijo:

—Qué bien que Skyla quiera ir a las reuniones de la escuela. ¿Qué te parece si yo no voy, solo por esta vez, para que ella pueda pasar una tarde especial con ustedes?

—Muy bien —dije—. Le puedo mostrar la escultura de arcilla que hice en la clase de arte.

Abuelita me besó en la frente.

—Tu cabello está tan lindo que parece un cuadro. ¿Llevarás este peinado mañana a la escuela?

Asentí rápidamente y me pregunté si alguien notaría la diferencia.

En cuanto entré en el salón de clases, la señora Morimoto dijo:

—Naomi, ¡tu cabello se ve muy lindo!

Le sonreí y me dirigí a mi asiento. La señora Morimoto era la versión japonesa de Fabiola. Tenía exactamente el mismo pelo rizado pero en lugar de delantales largos, prefería faldas amplias de colores brillantes. Los estudiantes de la escuela Buena Vista rezaban para que les tocara la señora Morimoto en quinto grado porque todos los años, en enero, llevaba a toda la clase a cenar a un restaurante muy elegante y a ver una obra en el teatro Old Globe de San Diego. Eso la hacía famosa. Además, era muy simpática y no toleraba que los niños que daban problemas hicieran ninguna tontería.

Un niño que se sentaba atrás gritó:

—¡Oooooh, Naomi!

Todos los varones se echaron a reír, pero las niñas no, y me di cuenta de que me examinaban de la cabeza a los pies. Notando sus miradas, me senté rápidamente y me concentré en mirar mi mesa hasta que sonó la campana. Por dentro sonreía, pero deseaba poder controlar el calor que me subía por el cuello y las mejillas.

La señora Morimoto dio una palmada para llamar nuestra atención.

—Muchachos —siempre nos llamaba así—, me gustaría que conocieran a una nueva estudiante que acaba de llegar a Buena Vista. Se llama Blanca Paloma. Viene de Atascadero, en California. Por favor, hagan que se sienta en casa. Blanca... —La señora Morimoto dirigió la mirada hacia un extremo del salón de clases.

Una niña delgada con el cabello largo, negro y más rizado incluso que el de Fabiola y el de la señora Morimoto se levantó y rápidamente se volvió a sentar.

No sé si era por mi trenza o porque Blanca no sabía todavía que yo no era una de esas chicas del maquillaje que iban a dormir a casa de sus amigas, pero en el recreo de la mañana se me acercó y empezó a platicar. No entendí ni una palabra de lo que me dijo.

—No hablo español —dije finalmente.

Como una luz que pasa de apagada a encendida, Blanca comenzó a platicar en inglés.

—¿No eres mexicana? Qué raro, lo pareces. Acabamos de mudarnos aquí, ¿sabes? Mi mamá trabaja en ValueCity. ¿Cómo te llamas?

—Naomi Outlaw.

—Vaya, qué suavecito hablas. Acércate para que te oiga mejor. ¿Solo Naomi Outlaw? ¿No tienes un segundo nombre?

Me acerqué un poco más y le di la versión completa.

—Naomi Soledad León Outlaw. Pero solo uso Naomi Outlaw.

—León, así que eres Naomi la Leona.

No lo dijo riéndose de mí; solamente describía un hecho.

—¿Qué significa Soledad? —pregunté.

—Soledad es una santa muy importante en México. Se les pone ese nombre a hombres y mujeres. Tengo un tío Soledad que cría cabras. Apestan.

Me eché a reír.

—¿Quién te peinó así? Luce increíble.

—Mi madre —dije. Las palabras sonaron tan extrañas en mi boca como el español.

—Mi mamá nunca aprendió a hacer ese tipo de trenza porque trabaja todo el tiempo. Me quedo en el YMCA antes y después de la escuela. Vivimos ella y yo solas porque se divorció de mi papá. Hemos vivido en Walnut Creek, Riverside, Atascadero y ahora Lemon Tree, todo en dos años. Mi mamá está progresando en la empresa. Entonces, ¿tú también vives sola con tu mamá?

—Vivo con mi abuelita y mi hermano, pero ahora mi mamá está de visita.

—¿Solo de visita? ¿Y por qué no vive con ustedes?

—Ella... Ella nos dejó con mi abuelita cuando éramos chicos.

—¿Y tu papá? —preguntó Blanca.

—Están divorciados.

—Igual que yo. No veo mucho a mi papá. ¿Cómo es el tuyo?

—No sé. Vive en México y nunca viene a vernos.

—¿No sabes nada de él? Deberías preguntar, eso es lo que siempre dice mi mamá. Haz muchas preguntas y obtendrás montones de respuestas. Tienes derecho a conocer tu propia vida, ¿no?

—No conoces a mi abuelita. No le gusta escarbar en el pasado.

—Qué gracioso. Escarbar en el pasado. Oye, me dijeron que la semana próxima tenemos reuniones de padres y maestros. Quizás nuestras mamás puedan conocerse. Así podrían ponerse de acuerdo para que nos juntáramos. ¿Qué te parece?

—Puede ser —dije. ¿Debía decirle a Blanca que solo hacía dos días que conocía a Skyla?

—¿Estuviste en México alguna vez? —preguntó Blanca—. Yo jamás he estado allí. Mi papá me prometió que algún día me llevaría. Oye, ¿sabes que tengo un descuento en cualquier cosa de ValueCity porque mi mamá es gerente allí?

Abuelita diría que Blanca era una cotorra parlante, pero a mí me gustaba y deseaba que no se separara de mí en todo el día.

No tuve que preocuparme. A la hora del almuerzo agarró su mochila y se quedó junto a mí hasta que llegamos a la biblioteca.

El señor Marble me miró y dijo:

—¿Y quién es esta persona con ese cabello tan elaboradamente trenzado? —Luego se inclinó ante Blanca—. Ah, la nueva estudiante. Oí hablar de ti en la sala de maestros esta mañana. Bienvenida a nuestro refugio. ¿Estás interesada en alguna materia en particular? Si es así puedo recomendarte un libro sobre lo que quieras. Después de todo, soy bibliotecario. Es la hora del almuerzo, ¿te interesa algo para alimentar la mente? Como tenemos un acuario, también puedo ofrecerte alimento para peces.

Las dos nos reímos y nos sentamos en una mesa.

—¡Guau! ¿Tú comes aquí? —preguntó Blanca—. Como si fuera un club, ¿no?

Nunca lo había visto así. Siempre pensé que era donde comían los chicos que estaban de más.

Mientras sacábamos nuestros sándwiches, el señor Marble arregló la vitrina. Primero colocó un montón de cajas pequeñas y las cubrió con una bufanda gigante de seda roja. Después, puso sobre las cajas varias muñecas vestidas con trajes de diferentes países.

—Son de la colección privada de la señora Domínguez. Si no lo sabes, Blanca, la señora Domínguez es la directora de la escuela. Hizo esta colección cuando era niña. Ahora, cierren los ojos. Voy a añadir algo de ambiente.

Cerramos los ojos.

—¡Tachán! ¿Qué les parece? —preguntó.

Cuando abrimos los ojos, había encendido la luz de la vitrina. La luz se reflejaba en la bufanda y hacía brillar las muñecas con un resplandor rosado.

Asentí para mostrar mi aprobación.

El señor Marble cambiaba la vitrina a menudo y siempre la decoraba maravillosamente para que los estudiantes no pudieran resistir y se detuvieran a mirar. A veces, si el señor Marble sabía que un estudiante o una maestra tenían una colección de algo, como piedras o tarjetas de béisbol, las exhibía. Mi sueño era poner algo en esa vitrina de la biblioteca y que me conocieran por algo más que por mi actual reputación de hermana del niño raro con el apellido gracioso que vestía ropa que hacía juego con el vestuario de poliéster de su bisabuela.

Blanca tenía razón al decir que se deben hacer muchas preguntas. En ese almuerzo se enteró de que Mimi Messmaker iba a hacer un crucero durante las vacaciones de invierno y que John Lee a veces se encargaba de cargar la máquina de los *donuts*. También descubrió que el señor Marble era de Kalamazoo, Michigan. (*Kalamazoo* iba a la lista de "Palabras espléndidas" y a la de "Nombres poco comunes").

Cuando sonó la campana, todos salieron y yo me quedé atrás. Parecía que el señor Marble estaba siguiendo el consejo de Blanca sobre hacer preguntas porque me dijo:

—Naomi Outlaw, ¿te preocupa algo? ¿Puedo ayudarte?

Asentí y susurré:

—Mi madre volvió.

El señor Marble se puso la mano en la mejilla.

—Qué interesante giro de acontecimientos. ¿Y qué tal va todo?

Me quedé pensando un momento, mordiéndome el labio inferior. Finalmente respondí:

—No sé. Bien, supongo.

—Gracias por contármelo, Naomi Outlaw. Sé lo difícil que es a veces abrirse a los demás. Espero que tengas más cosas que contarme más adelante.

Asentí y sonreí ampliamente. Yo también lo esperaba.

En Buena Vista solo había servicio de autobús por la mañana, así que cuando terminó la escuela, Blanca y yo nos quedamos en los escalones delanteros esperando a que nos recogieran. Le avisé cómo era Owen. Cuando llegó, con la cinta adhesiva pegada, su manera de andar rara y su voz áspera, Blanca se encogió de hombros y dijo:

—¿Eso es todo? Deberías conocer a mi primo. Está en secundaria y es muchísimo más raro que Owen.

Abuelita se detuvo junto a la acera con su Toyota verde.

—Te veo aquí el lunes por la mañana, ¿O.K., Naomi la Leona? —dijo Blanca señalando los escalones.

—O.K. —dije, despidiéndome con la mano. Ya había

decidido que iba a añadir *Atascadero* a mi lista de "Palabras espléndidas". Mientras me acercaba al auto de abuelita, alisé mis *jeans* nuevos, arreglé mi camiseta y noté que me sonreía a mí misma y me sentía como una moneda reluciente. Mi nuevo aspecto me había traído buena suerte y tenía que agradecérselo a mi madre.

Skyla se chupó los dedos hasta dejarlos limpios y tomó otro trozo del pollo asado de los miércoles.

—Abuelita —dijo—, una de las cosas que extrañé, además de mis niños, claro, es tu cocina casera.

Abuelita se enderezó un poco y sonrió.

—¡Oh!, acabo de recordar que tengo una pequeña sorpresa, y como mañana es la reunión con los maestros y estamos todos juntos, me gustaría mostrársela.

Skyla fue a la recámara y volvió con un montón de bolsas. En cuanto Owen las vio, dejó de comer y sus ojos se iluminaron.

Skyla metió la mano en una bolsa y sacó una camiseta celeste con cuello de cisne.

—Naomi, esto es para ti y mira —dijo metiendo la mano en otra bolsa—, encontré una de mi talla que hace juego. ¡Camisetas para madre e hija! Podemos llevarlas mañana para la reunión. Y... —volvió a meter la mano en la bolsa—, encontré tinte para el cabello color castaño cuervo. Pensé que nuestro cabello también debía hacer juego. Voy a pintarme el pelo esta noche. ¿No es fantástico?

—Yo creía que los cuervos eran negros —dijo Owen.

—Lo importante es que el color del cabello quede de un café casi negro, Owen —dijo Skyla—. Nosotras las chicas sabemos eso, ¿verdad Naomi?

Fingí saberlo y asentí.

Owen inclinó de nuevo la cabeza sobre el pollo.

Durante toda la semana, Skyla me había comprado hebillas para la punta de mi trenza, unas zapatillas con estampado de tigre, una mochila, un llavero que brillaba, unos aretes de cierre a presión y uñas postizas (que abuelita dijo que no podía llevar a la escuela). A Clive le compró algunas camisetas negras, una gorra de béisbol y un llavero con una piedra de ámbar. Aunque abuelita insistió que no era necesario, Skyla le compró una mesa redonda de plástico con cuatro sillas para el patio de baldosas blancas. Dijo que los regalos en realidad eran de parte de Clive porque él era quien le daba el dinero, ¿no era un cielo? Pero todavía no le había comprado nada a Owen.

Antes de levantarnos de la mesa, toqué a Owen en el hombro y le pregunté si quería jugar a las damas. A él le encantaba jugar, pero yo normalmente no se lo pedía porque hacía años que no conseguía ganarle una partida, pero él se limitó a negar con la cabeza, así que llevé la camiseta a mi recámara y allí la extendí sobre un extremo de la cama.

Mañana, mi reunión era antes de la de Owen y justo después de la de Blanca. Habíamos quedado en presentar a nuestras madres entre las dos reuniones. Yo estaba decidida a que todo fuera tal y como estaba planeado. Procuraría no hacer ruido durante la mañana para que Skyla pudiera dormir un poco más. (¡No le gustaba levantarse temprano!). Me pondría la ropa que me había comprado y dejaría que me trenzara el cabello como a ella le gustaba. Con suerte, todo sería perfecto, como un rompecabezas en el que cada pieza tiene un sitio.

A la mañana siguiente, antes del desayuno, aún acostados en la cama, Owen y yo trazamos entre susurros nuestro plan para enseñarle a Skyla la escuela Buena Vista.

—Owen, después de mi reunión, llevarás a Skyla a tu salón de clases para que conozca a tu maestra.

—Sí. Después le mostraré mis trabajos que están en el tablero de anuncios. Los trabajos con los que saqué una A y la papa que sembré para ciencias. Está creciendo muy bien —dijo Owen.

—Yo me reuniré con ustedes en la sala de arte —dije—. Después la llevaremos a la biblioteca. Le mostraré la lista de mis lecturas y le presentaré al señor Marble.

Nos quedamos en la cama todo lo que pudimos.

Cuando Skyla se despertó, no parecía haber descansado. Tenía los ojos rojos y mientras trenzaba mi cabello sus manos temblaban tanto que tuvo que empezar de nuevo varias veces. Su camisón olía a leche agria.

—Naomi, siéntate quieta. ¡Quiero que hoy estés muy linda!

Me dio un tirón fuerte.

¿Por qué se comportaba de forma tan desagradable? Me senté quieta como una roca, deseando que su mal humor cambiara.

—Ahora, recuerda, cuando vaya a tu escuela esta tarde llámame Skyla Jones. Ya sabes lo que pienso sobre mi nombre.

Owen y yo sabíamos los motivos: 1) No podíamos llamarla Terri Lynn porque no era lindo, 2) No podíamos llamarla mamá porque la hacía sentirse vieja, 3) No podíamos usar el apellido León porque esa parte de su vida estaba terminada y olvidada y 4) Skyla Jones sonaba bien.

—Naomi, ¿dónde está el peine? ¿Estás sentada encima de él? Muévete para que pueda encontrarlo. Owen, recoge mis zapatos. Esto está muy desordenado. Y después tráeme una soda de dieta.

Justo entonces entró abuelita. Empezó a recoger las revistas que Skyla había desperdigado por el piso y la basura que había dejado la noche anterior al maquillarse. (Todavía no me había acostumbrado al color castaño cuervo de su cabello que hacía que su piel pareciera tan blanca como el puré de papas).

—Pasaré todo el día cosiendo en casa de Fabiola

—dijo abuelita—, pero después de las reuniones, de camino a casa podrían parar ya saben dónde.

Owen sonrió y asintió.

—¿Dónde? —preguntó Skyla.

—Nuestro lugar favorito —dijo Owen—. Te lo mostraremos.

—Tenemos que ir a la parada de autobús en unos minutos, así que vístanse rápido —dijo abuelita.

Me puse mi camiseta celeste y los *jeans*.

Cuando Skyla me vio, chilló:

—¡Naomi, pareceremos gemelas!

Dejé escapar un suspiro de alivio. Todo parecía volver a la normalidad. Mientras yo recogía mis tareas y los libros y guardaba la bolsa del almuerzo en la mochila, Owen apareció vestido con unos pantalones de color azul marino que abuelita le había hecho dos años atrás. Todavía le quedaban bien, pero estaban un poco cortos. También se había puesto el chaleco de poliéster que hacía juego, una camisa blanca de manga larga y una corbata. Cuando lo vi, mi corazón se detuvo un segundo. Había aumentado de forma considerable la cantidad de cinta adhesiva.

Abuelita sonrió con esfuerzo y dijo:

—Owen, te ves muy apuesto esta mañana. Tu maestra probablemente te dará puntos extra por estar tan aseado, ¿verdad, Skyla?

Skyla miró a Owen de arriba a abajo.

—Bueno, sí, supongo que sí, pero Owen, ¿no crees que si te quitas esa ridícula cinta adhesiva darás mejor impresión?

Owen se encogió de hombros y esbozó una media sonrisa.

—Bueno, los veo más tarde —dijo Skyla—. Estaré allí a las dos y cuarto para conocer a tu amiguita y a su mamá, Naomi. Luego iremos a las reuniones.

Abuelita nos acompañó a la puerta. Yo sabía que Owen, vestido así, como si fuera a una boda, iba a provocar silbidos y gritos en el autobús.

Tenía razón. Y no solo eso. En cuanto llegamos a la

escuela, Dustin Mullholler, uno de los niños que me moles-
taba riéndose de mi apellido, se acercó a nosotros.

—¡Eh! ¡Son los Outlaws y uno parece un bandido
mexicano! ¿Robaron algo últimamente?

Quise decirle que nos dejara en paz, pero aunque lo
intenté, no me salió ni una sola palabra.

—¿Qué es esto, Outlaw? Mira, asaltaste la tienda de
artículos de oficina.

Arrancó la cinta del pecho de Owen, tira por tira.
Cuando le quitó la última, Owen cayó al suelo y empezó
a temblar y a escupir. Un grupo de niños se congregó a
su alrededor. Dustin se asustó y miró frenéticamente a su
alrededor por si había alguna maestra mirando. Recogió
los trozos desperdigados y los pegó de nuevo sobre la
camisa de Owen.

—Oye, chico, no era para tanto. Aquí está tu cinta.
Levántate antes de que te vea una maestra. Vamos,
levántate.

Con la cinta de nuevo en su sitio, Owen abrió los ojos,

se levantó, se sacudió el polvo y se marchó del patio con el traje sucio.

—¡Tarado! —gritó Dustin.

Todos se echaron a reír.

Yo me quedé ahí parada, mirando todo como si se tratara de una película. ¿Por qué no hablé y defendí a Owen y a mí misma?

Finalmente me eché a correr para alcanzar a Owen, todavía con las mejillas coloradas de vergüenza. Owen sonreía mostrando todos sus dientes, como si se hubiera burlado él de todos los demás. ¿Es que ni siquiera sabía que se habían reído de él?

Miró de reojo mi rostro tenso y dijo:

—Me arrojé al suelo a propósito, Naomi.

—¿Por qué hiciste eso? ¡Fue mucho peor!

—No lo hicieron con mala intención —dijo—. Estaban bromeando.

¿Por qué tenía que ver siempre el lado bueno de las cosas?

—Owen, ¿no te importa lo que los demás piensen de

ti? —dije—. A los chicos les caerías mejor si no... si no hicieras cosas raras. Probablemente también a Skyla le caerías mejor si trataras de complacerla.

Inmediatamente deseé no haber dicho nada, pero antes de que pudiera decir algo, Owen vio un centavo en la acera y corrió a agarrarlo.

—Eh, Naomi, "¡Quien encuentra una moneda, la buena suerte le espera!" —dijo, sosteniendo el centavo en alto—. Encontré un centavo y nuestra madre volvió, y hoy vendrá a nuestras reuniones.

Owen me miró con ojos grandes de cordero y añadió:

—Creo que eso es tener mucha suerte.

Me derretí por dentro y, por un momento, me sentí afortunada, aunque no supe por qué. Le revolví el cabello.

—Sí, Owen, eso sí que es tener suerte.

Se quitó un trozo de cinta adhesiva del pecho y lo pegó en mi mochila. Sabía de sobra que correría detrás de mí si no lo aceptaba.

*　*　*

Por la tarde, Owen y yo esperamos parados en los escalones de la escuela Buena Vista con Blanca y su madre durante el descanso de quince minutos entre reuniones.

La señora Paloma llevaba puesta la bata de color rojo de ValueCity y no dejaba de mirar su reloj.

—Mi mamá tiene que volver al trabajo enseguida —dijo Blanca—. Tiene una reunión.

—Skyla vendrá enseguida —dije, buscando el Mustang rojo en la calle.

—Sí, viene seguro —dijo Owen. Había bajado los escalones varias veces para mirar arriba y abajo de la calle.

Los padres y alumnos que tenían las siguientes reuniones se apresuraban a entrar en el edificio, y los que habían terminado se dirigían hacia sus autos.

—Naomi, de verdad me encantaría conocer a tu mamá —dijo la señora Paloma—, pero ¿tu reunión no empieza a las dos y media? Ya son las dos y media.

—Probablemente llegará en cualquier momento —dije, notando un vacío en el estómago.

La gente que iba y venía fue desapareciendo. Oí la

campana dentro del edificio, lo que significaba que empezaba la siguiente sesión. Owen le daba patadas a una piedra. Yo no apartaba la vista de la calle. Blanca me tomó de la mano.

—Dijo que vendría —dije sin atreverme a mirarla.

La señora Paloma dijo:

—Lo siento, Naomi. Tendremos que dejarlo para otro día. Vamos Blanca, te dejo en el YMCA.

Blanca siguió a su madre. A mitad de los escalones se volvió, extendió los brazos y se encogió de hombros, como si preguntara ¿qué pasó?

Eran casi las cinco cuando la señora Morimoto nos encontró; todavía estábamos esperando. Nos llevó a la oficina de la escuela, donde la señora Domínguez llamó a abuelita.

—Nadie contesta en la casa —le dijo a la señora Morimoto. Luego nos miró a Owen y a mí y sonrió—. Su abuelita nunca había llegado tarde.

—Nuestra abuela no tenía que venir hoy. Nuestra mamá va a... iba a venir —dije. Mi voz parecía encogerse.

—¿Su mamá? Pero yo pensaba... —dijo la señora Domínguez. Miró a la señora Morimoto con las cejas arqueadas.

—La señora Outlaw llamó esta mañana —dijo la señora Morimoto—. Me dijo que la mamá de los niños estaba en la ciudad y que vendría a las reuniones y después los llevaría a casa.

—Mamá vino de visita —dijo Owen, pero el brillo habitual de su voz y su rostro había desaparecido. Daba lástima verlo ahí parado con la corbata y el chaleco arrugados.

—Ah... —dijo la señora Domínguez—, bueno, es bastante tarde y está oscureciendo.

—Puede llamar a Fabiola y Bernardo —dije, recordando que abuelita estaba trabajando en los vestidos para las damas de honor de la boda.

—Son los vecinos —le explicó la señora Morimoto a la señora Domínguez—. Son el contacto de emergencia. Yo misma los llamaría pero... —La señora Morimoto miró hacia mi mano, que se aferraba a la suya.

La señora Domínguez asintió, llamó, y Owen y yo volvimos a esperar en los escalones.

Diez minutos después, abuelita llegó en su Toyota.

Solté la mano de la señora Morimoto y me dirigí al auto. Tan pronto como alcancé la acera, me di cuenta de que había olvidado la mochila en el vestíbulo, junto a la oficina.

Volví corriendo a buscarla y mientras me la colgaba a la espalda oí la voz de la señora Morimoto que hablaba en la oficina: "Llamó ayer para contarme la historia de la madre. Lleva años entrando y saliendo de clínicas de desintoxicación y correccionales. Bebe demasiado y ha sufrido problemas mentales provocados por el alcohol".

—¿Está tomando medicamentos? —preguntó la señora Domínguez.

—Al parecer, últimamente no bebe y toma medicinas para sus cambios de humor —dijo la señora Morimoto—, pero ya sabes cómo es eso. Cuando empiezan de nuevo, es un círculo vicioso. Odio pensar que esa mujer se acerque a Naomi y Owen. Esos niños estaban en la fila equivocada cuando repartieron mamás.

—¿Qué fue del padre?

—No tienen ningún contacto. Están divorciados. La señora Outlaw me contó que el padre quiso quedarse con los niños, pero la madre no se lo permitió. El padre vive en México.

Salí corriendo. Clínicas de desintoxicación y correccionales, pero *¿qué* era un correccional? Medicinas para sus cambios de humor. ¿Estaba Skyla enferma? Y mi padre... ¿quiso quedarse con nosotros?

Al principio, oír hablar de él me produjo un pinchazo, el recuerdo de otra persona que tampoco vino a buscarme, pero saber que mi padre quiso tenernos fue como encontrar un caramelo cuando ni siquiera sabías que te morías de ganas de comer algo dulce.

¿Por qué abuelita no nos lo había dicho?

la carga de las mulas

—Ya están decorando Lemon Tree para Navidad y todavía falta una semana para el Día de Acción de Gracias. Cada año empiezan antes —dijo abuelita cuando nos subimos al auto. Su voz tenía el tono de una conversación superficial.

Miré al frente con los brazos cruzados y no dije ni una palabra. Owen tampoco dijo nada. Al llegar a la esquina, abuelita giró hacia la derecha en lugar de girar a la izquierda, y supe que nos dirigíamos hacia Spray 'n Play, adonde abuelita nos llevaba cuando había alguna dificultad o cuando queríamos celebrar algo. Afuera, en la zona de juegos, había esos columpios con el piso de goma, y adentro, en la cafetería, había un mostrador de helados con montones de golosinas para ponerles encima. Nuestra actividad favorita consistía en comprar helados y sentarnos junto a la ventana gigante que daba directamente al túnel de lavado, a la parte donde los autos se suben a los rieles.

Solíamos ir allá cuando Owen tenía un día especialmente difícil en rehabilitación o para celebrar que yo había sacado buenas notas en los exámenes. ¿Pero creía abuelita realmente que un helado compensaría el hecho de que Skyla nos hubiera abandonado de nuevo?

Aplasté la nariz contra la ventana del auto. En un terreno vacío rodeado por una cadena había un gran letrero que decía "Muy pronto, árboles de Navidad". En algunas tiendas, las vitrinas ya estaban decoradas como pasteles, con pintura blanca que imitaba la nieve. Luces navideñas de colores brillaban en las fachadas de algunos edificios. Delante de la iglesia, un hombre se esforzaba por colocar sobre un burro de plástico una Virgen María de tamaño natural que llevaba un Niño Jesús en brazos. El burro parecía demasiado pequeño para tanta carga.

Vi a una familia caminando por la calle. La mamá empujaba un cochecito de bebé en el que iba una niña feliz que se aferraba a su muñeca de trapo. El papá llevaba a otro niño colgado a los hombros, dentro de un cargador. La mamá se echó a reír y el papá se inclinó para darle un beso. Si Skyla no hubiera tenido problemas con el alcohol y si nuestro padre hubiera vuelto a Lemon Tree, ¿habríamos sido así nosotros?

Abuelita estacionó el Toyota en Spray 'n Play. Con los brazos cruzados y la cabeza hundida, los seguí a ella y a Owen al interior de la cafetería. La empleada estaba parada frente a la máquina del helado con las piezas desmontadas sobre el mostrador.

—Lo siento —dijo, encogiéndose de hombros cuando nos vio—, estoy limpiando los dispensadores.

Caminamos hacia el lugar donde se veía el túnel de lavado. En la ventana había un enorme cartel pegado con cinta adhesiva que decía "Cerrado por reparación". Al otro lado de la ventana, dos hombres con overoles trataban de arreglar las boquillas de las mangueras. De todas formas nos sentamos junto a la ventana.

Abuelita envió a Owen a comprar tres emparedados de helado ya preparados.

—Supongo que hoy no es nuestro día de suerte —dijo abuelita.

No le hice caso. Parecía un error que Owen hubiera encontrado aquel centavo.

Cuando Owen regresó con los helados, dejé que el mío se derritiera sobre la mesa. Owen y abuelita terminaron sus helados en silencio. Después los tres miramos por la ventana la maquinaria inmóvil del túnel de lavado.

—Por mucho que mires el agua de la olla, no hervirá, pero estoy aquí sentada observándote a ti, Naomi, y parece que vas a estallar.

Durante toda nuestra vida, abuelita había guardado absoluto silencio sobre todo lo que tuviera que ver con nuestros padres. Si Owen preguntaba: "¿Cómo era nuestra madre?", abuelita siempre respondía: "Es mejor no hablar de eso. Miremos al futuro". Si yo preguntaba sobre nuestro padre, abuelita decía: "Naomi, no escarbemos en el fondo del río". ¿Acaso no sabía que Owen y yo teníamos millones de preguntas?

Finalmente, la miré.

—Hemos esperado y requetesperado. ¡Owen llevaba traje y corbata! ¡Blanca y su mamá también esperaron!

¿Qué es una clínica de desintoxicación y un correccional? ¿Está Skyla enferma? ¿Y nuestro padre? ¡Yo pensaba que él no nos quería y no es cierto!

Lentamente como un caracol, abuelita se limpió las manos con una servilleta. Siempre se ponía en cámara lenta cuando ordenaba sus ideas.

—Una clínica de desintoxicación es un lugar donde la gente va a curarse del alcoholismo para que el alcohol deje de destrozar sus vidas. Siento decir que Skyla ha estado en varias. Cuando sale de una clínica de desintoxicación tiene que ir a un correccional durante un tiempo. Es una casa donde la gente aprende a vivir de nuevo en el mundo real, pero con asistentes médicos que los vigilan. Y a veces, después de pasar muchos años tomando, el cerebro de una persona se vuelve raro y los médicos tienen que darle medicamentos para que se arregle y para que esa persona pueda enfrentarse a los problemas de cada día.

—¿Por qué no nos lo dijiste? —pregunté.

—No lo sabía hasta que apareció aquí la semana pasada. Me pidió que no les contara nada —dijo abuelita—. Quería

darle a Skyla la oportunidad de empezar una nueva vida...
y empezar con ustedes. Admitió haber tomado montones
de decisiones equivocadas y aseguró que su única decisión
correcta fue dejarlos a ustedes conmigo y bueno... quise
creer que había logrado salir adelante.

—¿Y mi padre? —pregunté—. La señora Morimoto
le dijo a la señora Domínguez que nuestro padre quiso
quedarse con nosotros, pero Skyla no dejó que nos viera.

Abuelita respiró profundamente.

—Pasaron tantas cosas en ese entonces... He callado
por mucho tiempo. La noche de la tormenta, después de
que Santiago los salvara del motel inundado, volvió al puerto
a mover su barco, pero lo pescó el huracán. Se le rompió
el motor y su barco fue empujado hacia el sur, hasta una
cueva, donde estuvo atrapado durante más de una semana.
Cuando finalmente encontró ayuda y un remolque que lo
llevara de vuelta a Rosarito, fue derecho a la iglesia, pero
Skyla ya se había marchado con ustedes.

Vi que el helado derretido goteaba hasta el piso.

—Santiago llamó a mi casa enseguida. Él y Skyla tuvieron varias discusiones telefónicas muy acaloradas, entre peleas y gritos. Después de una llamada, Skyla hizo pedazos todas las fotografías donde salía él. Le dijo claramente que si trataba de ponerse en contacto con ustedes, lo llevaría a los tribunales. Todo era pura bravata, pero Santiago no lo sabía. Estoy segura de que el pobre hombre estaba harto de sus embustes. Después de eso, no supe nada de él durante varios años. Entonces, un buen día empezó a mandar dinero a mi nombre para ustedes dos. Un par de veces al año envía una cantidad considerable.

Sentí que la frustración crecía en mi interior. ¿Por qué los mayores siempre piensan que los niños no pueden entender la verdad? Con Skyla otra vez en mi vida y toda esta información nueva sobre mi padre, sentí un gran peso sobre los hombros, como si arrastrara una maleta gigante llena de piedras.

—Le podíamos haber escrito una carta para contarle que estábamos contigo —dije.

—Lo intenté Naomi. Escribí media docena de cartas, pero todas fueron devueltas y en los sobres donde enviaba el dinero no ponía ninguna dirección.

—Al menos pudiste decírnoslo —enterré mi cabeza en el regazo de abuelita y empecé a llorar.

Abuelita me acarició la espalda.

—Tu padre era pescador y a veces pasaba semanas en su bote. Esa no es vida para ustedes. Cuando busqué médicos para Owen y un psicólogo para ti, ya les tenía tanto apego que no quise correr el más mínimo riesgo de perderlos. Cuando el correo me devolvió las cartas, ya no lo volví a intentar. Fue egoísmo de mi parte. Puedes culparme de eso.

Justo entonces, un gran ruido resonó dentro del túnel de lavado, interrumpiendo mi llanto. Me enderecé. La maquinaria chirriaba al otro lado de la ventana y un auto entraba sobre los rieles. Pequeñas válvulas rociaban cera y agua jabonosa, y formaban los colores del arco iris sobre el auto. Luego la máquina gigante empezó a restregar y a limpiar. Finalmente, mangueras de un dedo de gruesas se movían adelante y atrás, enjuagando el auto.

Owen me dio un golpecito cariñoso en el hombro.

—Deja de llorar, Naomi. Arreglaron el túnel de lavado.

Owen y abuelita se echaron a reír, pero yo no logré esbozar una sonrisa. Vimos pasar varios autos por el túnel de lavado.

—¿Te preocupa algo más? —preguntó abuelita, tomándome de la mano.

Levanté la cabeza.

—¿Qué es un círculo vicioso?

Skyla no volvió a casa el día de la reunión de maestros. Al cabo de tres días, abuelita, Owen y yo nos habíamos acomodado en el sofá para ver la televisión después de limpiar los restos del asado del domingo, cuando el auto de Skyla se estacionó en la puerta y escuchamos la bocina. Abuelita se puso tensa y Owen y yo nos quedamos sentados y tiesos como estatuas.

Unos minutos después, la puerta se abrió.

—Vengan todos afuera —dijo Skyla alegremente—. Tengo una sorpresa y una noticia. ¿Qué prefieren primero?

¿Realmente iba a comportarse como si no hubiera pasado nada?

Abuelita le preguntó, enojada:

—¿Te has vuelto loca? ¿Por qué no fuiste el jueves a la reunión de maestros y recogiste a los niños en la escuela?

Skyla ni parpadeó. Se quedó mirando a abuelita y dijo:

—Surgió algo imprevisto. Lo siento. ¿No quieren oír mi noticia?

—Los niños contaban con que tú aparecieras —continuó abuelita—. Sus maestros tenían una cita contigo. ¡Naomi y Owen esperaron en los escalones de la escuela hasta que oscureció! ¿Dónde estabas?

Skyla inclinó la cabeza hacia un lado y la miró con aspecto confuso.

—Clive y yo fuimos a Palm Springs a pasar el fin de semana largo. Eso es todo. Ahora, mi noticia es que invité a Clive a la comida de Acción de Gracias y él dijo que sí. Se muere de ganas de conocerlos a todos. ¿No es fantástico?

Skyla me miró, después miró a Owen y después a

abuelita. Sentados en hilera en el sofá, yo estaba segura que parecíamos un jurado.

—¿Qué pasa? ¿Van a estropearlo todo porque no fui a dos reuniones sin importancia? ¡No puedo creerlo! Está claro que todo el mundo volvió a casa sin problemas y no pasó nada. Es típico de ti, abuelita. Siempre fuiste así, estropeando mis alegrías. Y parece que les enseñaste a estos niños esa lamentable actitud. Bueno, no pienso dejar que estropees mi buen humor. En mi auto hay un gran regalo y he estado contando los minutos para traerlo aquí, pero ¡puedo devolverlo si eso es lo que quieren!

Dio media vuelta y salió, cerrando la puerta de un golpe.

Abuelita cerró los ojos, negó con la cabeza y dijo, como si le hablara al cielo:

—¿Cómo logra siempre volver las cosas a su favor?

—¿Podemos ir a ver? —preguntó Owen—. ¿Por favor?

Abuelita finalmente asintió y Owen y yo salimos

disparados. Skyla abrió el compartimiento del auto y sacó un bulto con dificultad. Unos minutos más tarde, empujó una bicicleta nueva bajo el halo de la luz del porche.

Me quedé sin respiración.

Del manubrio colgaban varias etiquetas y un casco, y la pintura metálica azul relucía. Tenía todos los accesorios caros: una luz, lindos reflectores y una mochila de cuero detrás del asiento.

—¡Una bicicleta! —exclamó Owen, dándose palmadas en las mejillas y saltando.

—¿No es lindísima? —preguntó Skyla—. Owen, es un regalo de Clive para ti. Quiere conocerlos a todos y esta es su manera de presentarse. ¿Y bien?

Abuelita miraba a Skyla con incredulidad y con la boca tan abierta que si no la cerraba pronto iban a entrarle moscas.

Skyla estaba radiante.

—¡Gracias, gracias, gracias! —exclamó Owen tan fuerte que pensé que todo el mundo en Avocado Acres lo oiría. Ya se había subido al asiento, mientras abuelita sujetaba el manillar. Aún no podía andar con ella porque tenía que ajustarse a su altura y necesitaba un pequeño trozo de madera en uno de los pedales para que sus piernas quedaran a la misma altura. Abuelita lo empujó hacia el asfalto mientras él seguía gritando: "¡Graciaaaas!".

Me alegraba tanto por Owen que quise abrazar a Skyla, pero ella se apoyó en el auto mientras miraba a Owen sin sonreír. Sus brazos cruzados no ofrecían cariño.

—Gracias por comprarle la bicicleta a Owen —susurré.

Skyla me miró furiosa.

—Naomi, ¿es que no puedes hablar más alto? Cuando Clive venga a la cena de Acción de Gracias, espero que le digas, en voz alta y claramente, "muchas gracias por tu amabilidad" —dijo con voz cortante—. Él pagó esa bicicleta y todo lo demás. Quiere ser amigo especialmente de ti y cuento con que tú hagas lo mismo para agradecerle todo lo que ha hecho. Se lo debes, así que no me decepciones. ¿Entiendes, señorita?

Asentí rápidamente y me aparté de Skyla. Luego me di la vuelta y corrí detrás de abuelita y Owen. ¿Me había metido en problemas? ¿Por qué quería Clive ser mi amigo? ¿Por qué tenía que darle las gracias en voz alta y claramente? No quería deberle nada.

Alcancé a Owen y abuelita, y empecé a empujar la bicicleta para que ella descansara. Mientras empujaba a Owen por el parque de remolques, una sensación de temor me persiguió de puntillas como una sombra amenazadora.

—Supongo que no podemos hacer nada más para arreglar esta pocilga —dijo Skyla, parada en la sala-cocina la mañana del día de Acción de Gracias. Revisó el arreglo de pavos y cornucopias de papel pegados a la ventana que había hecho Owen—. Ahora me voy a buscar a Clive, pero volveremos a las dos en punto. Naomi, recuerda que te dije que le dieras las gracias.

Sonreí a medias y asentí mientras Skyla se dirigía a la puerta. Tallé algunas plumas más en el pájaro que acababa de terminar. Abuelita tenía una rama rugosa de manzano que decoraba según la festividad, y pensaba que si la adornaba con algunos de mis animalitos tallados serviría para exhibirlos y al mismo tiempo tendríamos un centro de mesa para la comida de Acción de Gracias. Elegí las mejores figuras entre mis animales. Coloqué algunos entre volutas de jabón y colgué otros con hilos en las ramitas retorcidas.

—Naomi, ¿qué te pasa? —preguntó abuelita—. ¡Con

esa respiración tan irregular me preocupa que termines desmayándote! No estás intranquila por esa figurita, ¿verdad?

No me preocupaba la figura que acababa de tallar. Era la idea de conocer a Clive lo que hacía que intentara llenar mis pulmones de confianza en mí misma. Entre respiración y respiración, sostuve el jabón en alto y lo admiré. Era la primera vez que tallaba un pájaro volando, e incluso yo reconocía que era lo más delicado y hermoso que había hecho jamás. Lo coloqué sobre la ramita más alta, como un ángel sobre un árbol de Navidad.

—Es muy hermoso —dijo abuelita—. Tu nueva figura me recuerda al pájaro azul de la felicidad, con las alas desplegadas. Ahora saquemos mi mantel de cuadros amarillos. Espero que haga juego con el de la señora Maloney. Después prepararé el pavo.

Fui a la alacena para sacar el mantel. Quizás, si buscaba bien, podría encontrar las ocho servilletas que hicieran juego. Quería que todos nos sentáramos a cenar como esas familias de las revistas para mujeres que leía abuelita.

Esas que salían en las fotos pasándose la comida con una sonrisa en el rostro, irradiando cortesía. No quería decepcionar a Skyla, aunque últimamente era difícil contentarla, a ella y al misterioso Clive. ¿Qué ocurriría si no podía decir "gracias"? ¿Qué pasaría si yo no le caía bien?

Clive era grande como una montaña. No era exactamente gordo, pero sí muy ancho y grueso. Busqué tatuajes, pero tenía puesta una chamarra de cuero. Su cabello negro, que parecía teñido, era muy ondulado y estaba sujeto en una cola de caballo. Lo primero que me pasó por la mente era que le habían hecho trenzas, que había dormido con ellas y que a la mañana siguiente se las había quitado.

Nos dio un apretón de manos a Owen y a mí. A abuelita le regaló una maceta con flores de Pascua de la que colgaba la etiqueta con el precio que marcaba $3.98. Luego dirigió toda su atención a Skyla y la agarró por la cintura. Le acarició el cabello, que ya no era castaño cuervo. Unas noches atrás había comprado en la farmacia un tinte color calabaza picante y se lo había vuelto a teñir. También había encontrado un pintalabios llamado pastel de calabaza que hacía juego perfectamente.

La señora Maloney llegó con su ensalada de gelatina de limón con pequeños malvaviscos. Llevaba su habitual vestido a cuadros rosados, pero en honor a la ocasión se había puesto un broche con forma de pavo de piedras falsas brillantes junto al primer botón. Fabiola y Bernardo trajeron el relleno para el pavo, puré de papas y la especialidad de Fabiola, salsa de arándanos rojos con jalapeños.

En cuanto Lulú vio a Clive, empezó a ladrar. Todos sabíamos que acabaría por callarse, pero Clive empezó a retroceder y, cuanto más retrocedía, más se acercaba Lulú.

—Llévense a este perro de aquí. No me gustan los perros. Skyla, tú sabes lo que pienso de los perros.

—Clive tiene problemas con los perros —explicó Skyla.

Abuelita se acercó, tomó en sus brazos a Lulú y dijo:

—¡Pero si esta perrita no mordería ni una galleta!

Bernardo tomó a Lulú de los brazos de abuelita y la

llevó a casa. Oímos gemir a Lulú todo el camino de regreso por el huerto.

Cuando Bernardo volvió y colocamos la comida, todos nos sentamos alrededor de la mesa del patio y de la que nos había prestado la señora Maloney. Habíamos juntado las dos mesas y las habíamos cubierto con el mantel de abuelita.

La señora Maloney bendijo la mesa y terminó diciendo:

—Y gracias por mis vecinos, que siempre me cuidan tan bien, y por este maravilloso clima que nos permite comer el día de Acción de Gracias al aire libre mientras que otros se mueren de frío en algunas zonas de nuestro país. Amén.

—Por favor, coman mientras la comida está caliente —dijo abuelita pasando los camotes acaramelados.

Mientras la comida circulaba por la mesa, Clive agarró el pájaro azul de la rama de manzano y preguntó:

—¿Es de jabón?

—Naomi lo talló —dijo abuelita—. Es su *hobby*. Creemos que tiene un talento natural.

—Su padre estaba obsesionado con tallar —dijo Skyla,

acariciando el brazo de Clive—, y eso no era una cosa buena. Todos los años me abandonaba una semana antes de Navidad para ir a no sé qué lugar de México a tallar. ¡Imagínense, dejar a tu mujer y a tus hijos en esa época del año!

—La noche de los rábanos —dijo Bernardo con orgullo—, en Oaxaca.

Bernardo nos había hablado de ese festival muchas veces.

—Creo que nunca oí hablar de nada semejante —dijo la señora Maloney.

Bernardo continuó.

—Los que trabajan con madera llegan a la ciudad de Oaxaca de todas las partes del estado para tallar hermosas figuras en rábanos.

—No usan solo los rábanos chicos de las ensaladas —dijo Fabiola—, sino también rábanos gigantes del tamaño de un brazo o una pierna. Son de una clase especial que el gobierno cultiva para este festival.

—Las familias participan en este concurso desde hace

más de un siglo —dijo Bernardo—. La familia León es famosa en Oaxaca por sus esculturas. Naomi tiene corazón de escultor, igual que su padre.

Clive emitió una especie de gruñido y dejó el pájaro sobre la mesa, junto a su servilleta.

—Solo recuerdo que esos animales de madera pintados estaban por todas partes —dijo Skyla—. Ni siquiera me dejó comprar un móvil para la cuna de Owen. En lugar de eso agarró una rama vieja, la clavó al techo y colgó esas cosas. Me había olvidado de todos esos disparates hasta ahora. ¿Tenemos que hablar de esto? Señora Maloney, ¿ha vivido usted siempre aquí?

Mientras me servía relleno en el plato, recordé el remolino de colores sobre mi cabeza en la habitación del motel en México. Después de todo, no había sido un sueño. Lo aparté de mi mente para pensar en ello más tarde.

—Sí, siempre he vivido en Lemon Tree —dijo la señora Maloney. Se volvió hacia Clive—. ¿Su familia de dónde es?

Clive dejó de masticar la pierna del pavo.

—No tengo contacto con nadie, y eso es porque

quiero, excepto con una hija de mi segundo matrimonio. Ella es unos años menor que Naomi.

Todos asentimos, muy corteses.

Fabiola preguntó:

—¿Cómo se llama?

—Se llamaba Elizabeth, pero yo le cambié el nombre a Zafiro. ¿Puede alguien pasarme el puré de papas?

—¿No es Zafiro un nombre hermoso? —preguntó Skyla.

—Nunca oí nada semejante —dijo la señora Maloney—. Elizabeth es un nombre perfectamente hermoso.

Abuelita siempre decía que cuando uno tiene ochenta y ocho años puede decir lo que le venga en gana.

Clive se concentró en verter salsa sobre su puré de papas.

—Su madre la llamó Elizabeth, como su propia madre, pero a mí no me gustaba. Pensé que debía llamarse de una manera que a mí me resultara agradable, especialmente porque va a vivir conmigo cuando nos mudemos a Las Vegas, después de que yo termine mi curso.

—¿No es estupendo? —exclamó Skyla.

—¿Y la madre de Zafiro? —preguntó abuelita.

—Podrá ver a Zafiro en vacaciones y algunos fines de semana —dijo Clive—. Demostré que vivir conmigo era mejor para Zafiro. Además, su madre no era responsable con el dinero del Estado, siempre gastaba demasiado en la niña.

—¿Dinero del Estado? —preguntó abuelita.

—El complemento estatal por cuidado de dependientes —dijo Clive, frotándose las manos como una mosca sobre un sándwich—. Si tienes la tutela de un menor y no ganas mucho dinero, el gobierno te ayuda con algo de dinero extra todos los meses. En la oficina de Asistencia Legal Gratuita me dijeron todo lo que necesitaba para solicitar esa ayuda.

—Naomi, Clive y yo decidimos que tú eres la amiga perfecta para Zafiro. Como eres un poco más grande que ella —dijo Skyla—, podrías cuidarla como si fueras su hermana mayor. La conocerás muy pronto. ¿No crees que será muy divertido... viajar a Las Vegas?

Skyla nos miró con los ojos brillantes y una sonrisa, como si acabara de tener la idea más sensacional.

De repente no pude tragar.

Fabiola y Bernardo miraron a Skyla con curiosidad. Abuelita la miró y entrecerró los ojos, asintiendo muy ligeramente.

Clive era el único que seguía comiendo.

La señora Maloney dejó el tenedor sobre el plato.

—No podríamos pasarnos sin Naomi ni un solo minuto.

—Además —dijo Owen—, tiene que ir a la escuela.

—Hay montones de escuelas en Las Vegas —dijo Clive—, así que eso no es problema.

Se quitó la chamarra de cuero y la lanzó sobre el sofá del patio. El tatuaje de un tiburón que mostraba todos sus dientes y goteaba sangre resaltaba sobre el músculo de su antebrazo.

Un silencio incómodo como una niebla espesa se deslizó alrededor de la bandeja del pavo, rodeó el puré de papas y se elevó como una nube sobre la ensalada de gelatina de limón. Era la clase de silencio en la que uno espera que alguien diga algo.

Mi tenedor empezó a repicar sobre el plato.

Abuelita me sujetó la mano para calmarla.

—Naomi, ayúdame a llevar estos platos adentro y así haremos sitio para el postre. Hice pastel de calabaza y pastel de pacana.

Recogí mi plato y seguí a abuelita. Desgraciadamente, Clive nos siguió. Aún llevaba la servilleta en la mano.

—¿Dónde está el cuarto de baño? Tengo que lavarme las manos.

Abuelita señaló al fondo del pasillo. Cuando lo perdimos de vista, abuelita susurró:

—No hagas ningún caso a esas tonterías. Ahora, pásame más platos.

Abuelita me mantuvo ocupada con los platos, pero yo no podía dejar de pensar que Skyla quería llevarme a Las Vegas. Yo no pensaba ir a ninguna parte sin Owen ni abuelita. Yo pensaba que Skyla se mudaría a algún sitio cercano, quizás a un apartamento chico y lindo, y Owen y yo la visitaríamos al regresar de la escuela, rumbo a nuestra casa, a nuestro hogar con abuelita en Bebé Beluga.

Cuando entré con los últimos platos, Clive estaba sentado en la sala-cocina, recostado sobre el banco con las manos entrelazadas detrás de la cabeza. Abuelita lavó los platos y los colocó en una pila con un sonoro ruido.

—Esta casa-remolque no está tan mal —dijo.

—No es mucho, pero es lo que puedo pagar y es el hogar de los niños —dijo abuelita con voz cortante.

—Pero seguro que usted recibe dinero del Estado —dijo Clive—. Por dos niños le deben dar una buena cantidad, ¿verdad? ¿Y qué pasa con la anciana de al lado? ¿También es persona dependiente de usted? —Clive sonreía con mofa.

Dejé de limpiar los platos. A abuelita no le gustaba que se metieran en sus asuntos personales.

Abuelita bajó un plato con tanta fuerza que se rompió y los pedazos hicieron un estruendo sobre el fregadero. Se volvió para mirar de frente a Clive y se irguió todo lo que pudo. Por desgracia, no llevaba sus zapatos deportivos y Clive, incluso sentado, parecía más alto que ella.

—Creo que está haciendo un montón de preguntas sobre alguien que recién ha conocido y me parece que no es asunto suyo. Y la señora Maloney es una amiga. Así de sencillo.

Justo entonces, Skyla entró.

—¿Están conversando amigablemente?

Abuelita no quitó la vista del rostro de Clive.

—Clive me preguntaba por mi situación financiera, ya que somos tan buenos amigos. Quiere saber cuánto dinero me dan al mes por Naomi y Owen, y me gustaría saber por qué está tan interesado en algo que yo nunca pedí. —Abuelita negó con la cabeza—. Lo que ves es lo que tenemos. Y, para tu información, Naomi no irá a Las Vegas a hacer de niñera, ni ninguna otra cosa. No lo permitiré.

Clive miró al piso. Parecía furioso.

Skyla lo miró, arqueó las cejas y frunció los labios. Lo tomó de la mano.

—Clive, este no es el lugar ni el momento. Ven afuera y siéntate a comer el postre.

Abuelita los miró mientras salían.

—Naomi, ¿puedes traerme el suéter que está sobre mi cama? Hace frío afuera.

Al pasar delante del baño, vi algo que habían dejado en el borde del lavabo. Era la servilleta de Clive. Al lado, en medio de un charco de agua, había un trozo de jabón con manchas marrones. Clive había agarrado mi pájaro azul de la felicidad de la mesa de Acción de Gracias y lo había usado para lavarse la grasa del pavo de las manos.

Cuando ya todos se habían comido el postre y se sentían satisfechos, Owen y Bernardo sacaron el tablero de damas.

—¿Quién quiere jugar? —preguntó Owen.

Miré de reojo a Bernardo y sonreí. Owen podía vencer a la mayoría de los adultos.

—Yo juego —dijo Skyla.

Jugaron tres veces seguidas y Skyla ganó las tres. Después de cada juego, chillaba, aullaba y gritaba: "¡Gané!".

Owen se quedó sentado sin más, con una sonrisa en su cara feliz.

—¿Quieres jugar otra vez?

Nunca había visto a Owen perder con nadie. Miré a Bernardo, pero él solo atinó a encoger los hombros.

Abuelita dijo:

—Skyla, ¿dónde está el placer de ganarle a un niño?

—Debe aprender a competir. Debe aprender a usar su cerebro. Pon las fichas de nuevo, Owen, y veamos si ahora te esfuerzas más.

—Owen no puede ser más listo —dijo abuelita.

—Sí, claro —dijo Skyla, acariciando a Owen en la cabeza, como si fuera un perro.

Sabía que Skyla no le creía a abuelita.

—En la escuela siempre saca A —dije.

—Naomi, eres muy linda al apoyar a tu hermano. Yo soy igual con la gente, siempre trato de que se sientan mejor. Por eso tú y yo somos como dos arvejas de la misma vaina.

—Skyla, ¿no se te ha ocurrido que Owen podría ganarte y quizás solo intenta complacerte? —dijo abuelita.

Skyla sonrió.

—Gané limpiamente, ¿verdad, Owen?

Owen nos miró a los demás.

—Más o menos —dijo.

La dulzura abandonó el rostro de Skyla.

—¿Quieres decir que me dejaste ganar?

La sonrisa gigante de Owen se convirtió en una cara culpable de ojos tristes.

—No me gusta que la gente se ría de mí, Owen, así que juega de verdad.

Skyla dispuso las fichas rápidamente y Owen tardó solo unos minutos en ganar.

Ella se recostó hacia atrás y lo miró furiosa.

—Y pensar que la gente podría creer que eres muy listo si no tuvieras esa cinta adhesiva pegada al pecho y si usaras un relleno en el zapato para caminar derecho, como todos los demás. ¿No crees que darías mejor impresión?

Owen respondió:

—Tenía un relleno en el zapato, pero los doctores tienen que hacerme uno más alto porque estoy creciendo. Estará listo el mes próximo... y entonces... entonces caminaré derecho, ¿verdad, abuelita? —su voz desapareció en un susurro.

Antes de que abuelita pudiera responder, Clive dijo:

—Eh, amigo, déjame jugar. Me encantan las damas.

Le hizo una señal a Skyla para que se sentara en el sofá.

Por un momento sentí gratitud hacia Clive por haberse interpuesto entre Owen y Skyla.

Owen dispuso las fichas y le ganó a Clive tres veces seguidas.

Clive miró a Skyla.

—Este muchacho es un lince. Lo pondría a jugar con unos tipos que conozco y apostaría por él una tonelada de dinero. Podríamos ganar una fortuna.

—¿Tú apostarías por Owen? —dijo abuelita.

—Solo por divertirme —dijo Clive, encogiéndose de hombros.

—Ya entiendo —dijo Skyla—. Si lo miras, nunca pensarías que tiene cerebro o que puede ganarle a alguien jugando a nada, especialmente siendo tullido...

—¡Skyla! —dijo abuelita.

Bernardo se paró y se acercó a Owen. Guardó las fichas y el tablero en la caja en silencio, tomó a Owen de la mano y se lo llevó a su casa a través de los aguacates.

La señora Maloney se volvió hacia Skyla y le dijo:

—¡Debería darte vergüenza!

—Yo solo digo —continuó Skyla— que no parece nada listo y eso podría servirle a Clive. Ya sabes lo que quiero decir. Físicamente, Owen no está bien y tiene costumbres muy raras.

—Y tú tenías que decírselo el Día de Acción de Gracias, delante de toda esta gente —dijo abuelita—. Cada tres meses Owen visita al doctor para ver qué más se puede hacer. Dentro de una semana tiene una cita. Quizás deberías venir con nosotros y así sabrías por lo que tiene que pasar ese niño.

Abuelita miró a Skyla y movió la cabeza disgustada.

—Señora Maloney, déjeme acompañarla a casa. Son casi las cinco y seguramente quiere acostarse pronto.

Fabiola empezó a cerrar las sillas de la señora Maloney.

Abuelita me dijo:

—Naomi, corre a buscar a Lulú. Cociné los menudos del pavo para ella y no sería el día de Acción de Gracias si no se los comiera. Clive, no hace falta que te marches por Lulú. Normalmente sabe juzgar muy bien a las personas.

Clive tomó a Skyla de la mano y ambos se dirigieron al auto.

Antes de llegar al huerto, Skyla me llamó:

—¡Naomi! ¿No olvidas algo?

Sentí que la respiración se me quedaba atrapada en la garganta. Me volteé y caminé hacia el Mustang, practicando la frase que había ensayado. Skyla y Clive ya estaban sentados en el auto con el cinturón de seguridad abrochado y observaban todos mis movimientos. Mi garganta se puso tensa como siempre que la gente se quedaba mirándome.

Me agaché, me asomé por la ventana del copiloto y dije con voz entrecortada:

—Gracias por... por todas las cosas lindas que... que nos compraste.

Clive no respondió. Su barbilla subió y bajó una vez. Supongo que eso significaba "No hay de qué".

Al enderezarme, miré de reojo un paquete de doce cervezas en el asiento trasero. ¿Estaba Skyla bebiendo otra vez? Si era así, ¿qué significaba? ¿Tendría que volver a un correccional? ¿O al hospital?

Con una mirada retorcida y dura, Skyla dijo:

—Eso es asunto mío, Naomi, no tuyo. Y si sabes lo que te conviene, no abrirás la boca.

la esquizofrenia de los halcones

—Eso es raro, rarísimo —dijo Blanca cuando le conté el lunes por la mañana de camino a la escuela lo que había pasado el Día de Acción de Gracias—. Clive da miedo. ¿No sientes lástima por su hija?

Asentí.

—Yo no me voy a Las Vegas. Abuelita lo dijo claramente.

—¿Le contaste lo del alcohol en el asiento trasero del auto?

—No... bueno... no estaba segura de que Skyla fuera realmente a beber. Quiero decir, quizás era solo para Clive. En este momento abuelita tiene preocupaciones de sobra. Y además, ¿si abuelita le dice algo a Skyla y ella se pone furiosa conmigo?

—Skyla no te habría dicho que no abrieras la boca si la cerveza fuera para Clive. Deberías contárselo a tu abuelita —dijo Blanca.

—No —respondí—. No, hasta que esté segura.

Me imaginaba los gritos que intercambiarían Skyla y abuelita si abuelita se enteraba.

—Naomi, la Leona —dijo Blanca, moviendo la cabeza con preocupación, mientras entrábamos en el salón de clases—, tienes que despabilarte antes de que ocurra algo malo.

—Tenemos un problema —dijo abuelita mientras entraba a toda velocidad en la casa-remolque el jueves por la tarde—. Tengo que cancelar la cita de Owen con el doctor.

—¿Por qué? —preguntó Skyla mientras se pintaba la uña del dedo meñique con esmalte color rojo vivo.

—La novia de esa boda tan grande está en casa de Fabiola —dijo abuelita—. Se probó el vestido, pero ha perdido tanto peso que tendremos que trabajar sin parar toda la tarde para arreglarlo. La boda es esta semana, fuera de la ciudad. La novia volverá mañana por la mañana temprano a recoger el vestido.

—Yo puedo llevar a Owen —dijo Skyla, y empezó a agitar las manos para que se le secaran las uñas.

La frente de abuelita se llenó de arrugas.

—Bueno, no pongas esa cara de preocupación y no hagas como siempre, desconfiando de mí incluso en las cosas más sencillas. También puedo comprar pollo preparado para la cena. Podemos hacernos cargo, ¿verdad Naomi?

Durante toda la semana anterior Skyla había estado muy tranquila. No había vuelto a mencionar Las Vegas ni una sola vez. Quizás, si hoy ayudaba a abuelita, se podrían arreglar las cosas entre ellas.

—Tomaré notas para ti, como siempre —le dije a abuelita, mostrándole mi cuaderno—, y te llamaré en cuanto volvamos a casa.

Abuelita dudó y se mordió el labio.

—Bueno... Sería de gran ayuda. Si no, tendríamos que esperar muchísimo hasta que nos dieran otra cita. Y se trata simplemente de la consulta y sus radiografías habituales.

—¡Por favor! —exclamó Skyla—. Solo hay que ir y volver del Hospital Pediátrico. Bueno, ya está decidido. Y además, yo soy su madre.

*   *   *

Owen y yo conocíamos el Hospital Pediátrico de memoria y podíamos indicarle a cualquiera cómo llegar a cirugía, pediatría, rehabilitación, ortopedia o el laboratorio. Yo me había sentado prácticamente en todas las salas de espera y conocía todos los cuartos de baño públicos. Habíamos pasado tanto tiempo aquí a lo largo de los años que abuelita decía que deberían ponerle nuestro nombre a una mesa de la cafetería.

De todas las estaciones de enfermeras por las que pasamos salió alguien a saludar a Owen, a darle un abrazo o a preguntarnos por abuelita. Skyla y yo esperamos en las sillas de plástico del pasillo mientras le sacaban a Owen las radiografías. Skyla miraba con los ojos muy abiertos a todos los médicos y enfermeras que pasaban.

Cuando un enfermero pasó empujando a un paciente en una camilla, Skyla se estremeció.

—Los hospitales me espantan.

—¿Por qué? —pregunté—. Mucha gente se cura en los hospitales.

—Ya, y mucha gente no se cura —respondió cortante. Se paró y empezó a caminar de arriba abajo—. Naomi, ¿cuándo vas a empezar a hablar en voz alta para que yo pueda oírte? Estoy cansada de aguzar el oído. Pásame el bolso y dime con voz normal dónde está el baño.

Alcé un poco la voz y dije:

—Está al fondo del pasillo, a la derecha.

Me arrancó el bolso de la mano y se marchó. Cuando finalmente volvió, veinte minutos después, se había puesto una dosis doble de perfume con olor a gardenias, pero por debajo olía a algo incluso más fuerte, un olor que me recordó el pastel de Navidad con ron que preparaba abuelita.

Tosí y casi me ahogué con el olor dulce.

—¿Qué es ese olor?

—Naomi, es una cosilla para calmarme, para ayudarme a soportar esto. —Miró por el pasillo del hospital—. Ya te dije que te ocuparas de tus asuntos, ¿oíste?

Asentí, mirándome los zapatos. Sí, estaba bebiendo otra vez, pero no importaba lo que dijera, el alcohol no la estaba relajando porque sus manos temblaban y no podía quedarse quieta.

Después de las radiografías, los tres esperamos en una de las salas de espera elegantes con muebles lindos. Abuelita las llamaba salas acogedoras. Decía que si los doctores te daban malas noticias, querían que estuvieras en una atmósfera amigable y cómoda, no en una que diera miedo. Skyla se sentó y empezó a repiquetear la mesa con sus uñas. En la sala había una ventana que daba a un pequeño patio de juegos. Los doctores le pedían a Owen que saliera allí cuando estaban listos para dar la información a los adultos. Siempre dejaban que yo me quedara, porque era la secretaria de abuelita.

—¿Cuánto más hay que esperar? —dijo Skyla.

—Unos minutos —respondió Owen.

—Bien, entonces tengo tiempo de escaparme al baño.

Cuando volvió, el perfume había pasado a segundo plano frente al pastel de ron.

Un doctor y una doctora llegaron vestidos con batas blancas y sosteniendo varias carpetas. De sus estetoscopios colgaban pequeños koalas y el hombre llevaba una corbata con globos de colores. Owen se paró de un salto y los abrazó. Ellos formaban parte de su equipo especial.

Cuando terminaron de saludar a Owen, la doctora Reed se volvió hacia nosotras.

—Hola, Naomi. Y usted debe de ser la madre de Owen. —Miró en su carpeta—. Skyla Jones. La señora Outlaw telefoneó y dijo que usted los traería hoy. Soy la doctora Amanda Reed y este es mi colega, el doctor John Navarro. Yo soy ortopeda y Navarro es otorrinolaringó-logo. Ambos nos especializamos en pediatría.

Owen se inclinó hacia Skyla y susurró:

—Ella es doctora de huesos y él de oídos, nariz y gar-ganta, y los dos cuidan niños.

Skyla lo miró enojada.

—Ya lo sé, Owen.

Su voz sonaba un poco aguda. Hizo repiquetear las uñas postizas sobre la mesa con más fuerza y una de ellas salió volando por la sala y aterrizó en el piso. Owen se echó a reír a carcajadas y los doctores también se rieron con él.

Cuando Owen vio la mirada de Skyla, dejo de reírse inmediatamente.

Yo intenté tapar mi sonrisa con las manos.

La cara de Skyla estaba tan roja como el esmalte de sus uñas.

—¿Qué pueden hacer con Owen? —preguntó mientras se examinaba los dedos.

Skyla no sabía el orden de las cosas.

—Primero nos gustaría que Owen saliera un momento.

—¿Por qué no vas al patio de juegos unos minutos mientras conversamos? —dijo la doctora Reed.

Cuando Owen se fue a la sala contigua, el doctor Navarro se volvió hacia Skyla.

—En este momento no podemos hacer nada más. Ya realizamos todas las operaciones quirúrgicas que su tamaño y su edad permiten. Hay una operación que nos gustaría hacer cuando llegue a la adolescencia, cuando tenga trece o catorce años, pero por ahora, después de revisar todas las pruebas, decidimos que está muy bien. Simplemente será un CAR.

—¿Un qué? —preguntó Skyla.

—Un chico de aspecto raro —dijo el doctor Reed.

—¿Es ese un término médico o está usted intentado ser chistoso?

—No —dijo el doctor Navarro—. Desde luego que no estoy riéndome de él. Es un término que a veces usamos de forma no oficial. Su mente está perfectamente bien. De hecho, tiene un coeficiente intelectual bastante alto y es un niño muy despierto. Solo tiene algunos problemas físicos como consecuencia de sus defectos de nacimiento, pero desde el punto de vista quirúrgico, no hay nada más que podamos hacer, por ahora. Solo será...

—Un CAR, ¿un chico de aspecto raro? —dijo Skyla, subiendo la voz, con un tono agudo que asustaba—. ¡Como si yo no tuviera suficientes problemas! ¡Esto es... es... vergonzoso!

La doctora Reed frunció el ceño.

—Es un niño sano y tiene un pronóstico maravilloso en la vida. Tiene grandes perspectivas, un gran potencial y con algunas operaciones cuando tenga unos años más...

Yo pensaba que a Owen no le importaba ser un chico de aspecto raro durante unos cuantos años más. Los dos habíamos pasado suficiente tiempo en el Hospital Pediátrico para saber que sus males eran leves comparados con los de otros. Si abuelita hubiera estado allí, habría dicho que era nuestro día de suerte. Skyla apretó los labios con fuerza. Se inclinó hacia los doctores y dijo:

—¡Ese chico es defectuoso! Camina torcido, no puede hablar bien y me dicen que no se puede hacer nada más para que mejore. ¡Bueno, eso no es lo que yo llamo una ganga!

No podía creer que Skyla estuviera comparando a Owen con las rebajas anuales de Walker Gordon cuando salen a la venta los zapatos que son defectuosos.

El doctor Navarro buscó en su bolsillo, sacó una tarjeta de visita, se levantó y se la dio a Skyla.

—Señora Jones, por favor, llámeme si tiene alguna pregunta. Será un gusto hablar con usted más detalladamente.

Además, si quiere, puedo recomendarle un grupo de apoyo. Conocemos a Owen bastante bien y es un chico notable. Mi número está en la tarjeta.

Skyla miró la tarjeta y la arrojó sobre la mesa. Luego se paró, se acercó a la puerta del cuarto de juegos y la abrió de golpe.

—¡Owen, ven! ¡Nos vamos de aquí!

Owen entró en la sala sonriendo, hasta que vio las miradas preocupadas a su alrededor. Me levanté y le di la mano.

—Todo está bien, Owen.

—¡Naomi! —chilló Skyla—. ¡Todo no está bien!

Mientras salíamos, vi que Owen miraba el rollo de cinta adhesiva que había en un estante junto a la puerta.

Skyla mantuvo los ojos fijos en la carretera y apenas se movió durante todo el camino de vuelta a casa, excepto para tomar tragos de una botella de plástico que sacaba del bolso. Aunque estaba oscuro, manejaba muy rápido sorteando el tráfico. Owen se cerró tanto la capucha del suéter que parecía un capullo de mariposa vendado. Cuando finalmente llegamos a Bebé Beluga, me sentía mareada y me temblaban las manos. En cuanto entré, corrí a llamar a abuelita. Skyla dijo:

—Deja el teléfono, Naomi. Siéntense los dos.

Nos sentamos.

—¡Nunca jamás vuelvan a reírse de mí ni a humillarme de esta manera! Naomi, no me mires como si no supieras de lo que hablo, porque sabes perfectamente a lo que me refiero. Owen, supongo que tú no tienes mucho arreglo, pero desde este minuto se acabó la cinta adhesiva. Y si no, la bicicleta irá a la basura.

—Abuelita siempre deja que lleve cinta adhesiva —dijo Owen con voz ronca—. Me la puedo poner si quiero.

"No discutas, Owen. Por favor, no discutas", recé para mis adentros.

—Soy tu madre, Owen, y si digo que basta ya, basta ya—. Skyla dio un paso hacia Owen.

Yo temblaba como una hoja, pero mi instinto hizo que me moviera y me interpuse entre Owen y Skyla.

—No le hace daño a nadie —dije.

Skyla me miró echando chispas. El teléfono sonó y ella respondió sin quitarme los ojos de encima.

—Hola, mi amor —dijo Skyla—. ¡El sábado! ¡Estupendo! Empezaré a empacar ahora mismo y después iré a verte. No me quedaré en este agujero ni un minuto más... No te preocupes, ella vendrá, tal y como planeamos. No... no me importa lo que digas, a él no lo llevaré, y menos después del día que pasé... nunca pude enfrentarme a esa situación y sigo sin poder. Más tarde te cuento.

Skyla colgó, se dirigió a la alacena debajo del fregadero de la cocina y sacó una bolsa de basura plástica. Caminó por la sala-cocina recogiendo sus cosas y metiéndolas en la bolsa. Luego se dirigió a la recámara. Desde el fondo del remolque, gritó:

—¡No encuentro el Rosa Tulipán! ¿Dónde está mi pintalabios Rosa Tulipán? Naomi, tú no lo estarás usando, ¿verdad?

Skyla se acercó a toda velocidad por el pasillo hacia nosotros, arrastrando la bolsa.

—Finalmente salió el empleo de Clive en Las Vegas. Nos vamos, Naomi. Mete tus cosas en esta bolsa. Trae los *jeans* que te compré y las camisetas de cuentas brillantes.

¿Irnos? Yo no iba a ninguna parte. Negué con la cabeza.

—¡No me digas que no! Ya estoy harta de tu actitud y de que digas solo dos palabras y bobadas en susurros. ¿Dónde puse mi pintalabios?

Skyla empezó a rebuscar por el estante que había sobre el lavabo. Después se volvió y vio que yo no me movía.

—¡Agarra tus cosas ahora mismo! —dijo mientras barría el estante con la mano. Los tres pequeños patos de jabón cayeron al piso. Las cabezas se rompieron y salieron rodando como si fueran peonzas. Miré los pedazos rotos.

—Tú... tú no puedes decirnos lo que debemos hacer —dije. ¿De dónde me salían las palabras?

Skyla montó en cólera.

—Puedo decirte lo que yo quiera. Yo soy tu madre. Veo claro que abuelita no sabe educar niños. Mírate, eres una respondona.

Un sentimiento desagradable, el deseo de imponer mi voluntad, nació en un lugar de mi mente que yo no sabía que existía. Deseé poder arrojarle mi furia a Skyla y gritar, pero mi voz salió de mi boca con un gemido tembloroso.

—Abuelita nos cuida. Hace... hace todo por nosotros. No como tú. Tú nos dejaste. Tú... no nos querías y ni siquiera dejaste que nuestro padre nos viera. ¿Y ahora... y ahora debemos hacer lo que tú digas? Yo... yo no me voy.

En dos zancadas Skyla se acercó a mí y me dio una bofetada en la mejilla.

Fue una bofetada tan dura que mi cabeza giró hasta golpearse con el hombro. No necesitaba mirarme al espejo para saber que la silueta de su mano estaba perfectamente dibujada. Yo lo sentía desde dentro.

Me puse furiosa y lágrimas ardientes anegaron mis ojos. Quise limpiarme, pero ahora mis manos estaban paralizadas y mis pies anclados en el piso.

Skyla levantó la mano de nuevo.

—¡Déjala tranquila! —chilló Owen, que se acercó corriendo y me abrazó por la cintura.

Skyla bajó la mano. Unas palabras aterradoramente calmadas salieron de su boca.

—Tengo más de esas, Naomi. Veo que necesitaré mucho tiempo para enseñarte a portarte bien. Y no me mires con ojos de corderita como si me tuvieras miedo. Siempre odié que hicieras eso. No puedo creer que no hayas cambiado ni un poquito, siempre desafiándome, igual que ahora. Tú sabes que si algo le ocurriera a abuelita, yo soy todo lo que tienes, y en cualquier momento le podría pasar algo, con la edad que tiene. Tú no querrías eso, ¿verdad Naomi? No querrías que a abuelita le pasara algo por culpa tuya.

Sentí mis rodillas blandas como gelatina. ¿Qué quería decir Skyla? ¿Que le haría daño a abuelita? ¿Que podría matar a abuelita? Todavía estaba intentando comprenderlo cuando su voz se transformó en pura dulzura.

—Ahora, Naomi, cielo, ya sabes que no quise darte una bofetada, así que no me guardes rencor. Tú eres como yo, ¿recuerdas?, somos dos arvejas de la misma vaina.

Será divertido. Puedes ir a la escuela en Las Vegas. Ahora Clive tiene a Zafiro, así que tendrás a una amiga que es como una hermana menor. Ya está todo arreglado y decidido. La recogeremos en el camino. Owen se quedará aquí y cuidará de abuelita, así que ya ves, todo el mundo contento.

Empecé a acercarme muy lentamente a la puerta.

Skyla se acercó a toda velocidad, lanzándose como un halcón en picada sobre un trozo de comida, y me agarró del brazo, clavándome las uñas.

Retrocedí muerta de miedo. Skyla estaba equivocada, yo no era como ella. No éramos dos arvejas de la misma vaina. Me quedé lo más quieta que pude para que me soltara.

—Está… está bien. Creo… creo que vi el Rosa Tulipán en el clóset del baño.

—Bueno, eso está mejor —dijo, muy animada. Me soltó y se dirigió por el pasillo al baño.

En silencio, tomé a Owen de la mano y lo arrastré hacia la puerta. Después, la abrí de un empujón y bajamos los escalones a toda velocidad.

—¡Corre, Owen, corre rápido! —dije, jalándolo por el huerto oscuro. Habíamos pasado la mitad de los árboles cuando oímos la voz de Skyla.

—¡Naomi, sé que puedes oírme! ¡Vendrás conmigo por las buenas o por las malas!

Sin aliento, Owen y yo irrumpimos en la sala de Fabiola. Ella y abuelita levantaron la vista del vestido de novia que estaban colgando y envolviendo en plástico.

—¿Qué pasó? —preguntó abuelita.

Rompí a llorar y Owen habló tan rápido que apenas podía entender lo que decía.

—¡Viene y se llevará a Naomi lejos y le pegó a Naomi y a ti te hará daño!

Abuelita se acercó corriendo y me examinó el rostro. Tenía los labios apretados en una línea dura y en sus ojos refulgía una mirada feroz.

—Tú y Owen vayan al cobertizo. Díganle a Bernardo que venga. Ustedes quédense allá y no salgan hasta que yo vaya a buscarlos.

Mientras corríamos al cobertizo, escuché la voz lejana de Skyla que me llamaba desde el otro lado de los árboles oscuros: "¡Naomiiii!".

En el cobertizo, Bernardo estaba parado en medio de

un semicírculo de virutas de madera del tablón que estaba alisando. Las palabras de Owen se atropellaban mientras le explicaba lo que había pasado con Skyla. Bernardo apagó rápidamente el foco que colgaba del techo y, antes de cerrar la puerta y salir al patio, agarró la pala más grande.

Olí la madera recién cortada. Pasé los dedos por la pared ondulada de aluminio.

—¿Qué pasará? —dijo Owen.

—Creo que Skyla vendrá y tratará de convencer a abuelita de que me deje ir con ella —susurré.

No dejaba de oír las palabras de Skyla, "En cualquier momento le podría pasar algo, con la edad que tiene".

En voz baja, Owen dijo:

—¿Por qué Skyla no me quiere a mí?

Me esforcé en pensar algunas palabras de consuelo.

—Está claro que solo me quiere a mí para que sea amiga de la hija de Clive y así conseguir el dinero del Estado. Así que no soy nada especial—. Me toqué la mejilla y me estremecí de dolor. Todavía podía oír a Skyla diciendo que tenía más de esas bofetadas.

Owen pensó un momento en lo que yo le había dicho. Incluso en la oscuridad casi completa veía sus ojos redondos fijos en mi rostro. Negó con la cabeza.

—Creo que nunca me quiso cuando yo era un bebé porque no era... ya sabes, como los demás, y creo que todavía no me quiere.

—Pero abuelita sí nos quiere, Owen. Y nuestro padre. Esas son las cosas buenas. Tenemos suerte en eso.

Me acurruqué junto a él y le pasé el brazo por los hombros mientras esperábamos.

Primero oímos ladrar a Lulú, Owen y yo nos asomamos con cautela por la ventanilla de la puerta. Vimos que abuelita, Fabiola con Lulú en los brazos y Bernardo estaban parados hombro con hombro, como una barricada.

Skyla se detuvo frente a ellos hablando en voz tan baja, casi como un murmullo, que no oímos lo que decía.

Pero la voz de abuelita nos llegó en el aire fresco de la noche:

—¡Ella no irá contigo a ninguna parte y no hay más que hablar!

El murmullo desapareció y la voz de Skyla sonó enco-
lerizada.

—Clive me advirtió que te comportarías así. Si no haces
lo que te digo, volveré con la policía. No tienes ningún derecho legal sobre ella y tendrá que venir conmigo. ¿Eso es lo que
quieres? ¿Que venga con la policía para llevarme a Naomi?

Me sujeté el estómago, pensando que iba a vomitar.
¿Tendría abuelita que dejarme marchar?

—Skyla, iría al fin del mundo con tal de proteger a esa
niña. Recurriré a los tribunales si tengo que hacerlo.

Skyla rió.

—Un tribunal nunca denegará la tutela a la madre
natural. Clive me lo explicó todo. No habría ni un solo
juez que no me diera a mi propia hija.

—¡Tú abandonaste a esos niños! —dijo abuelita—.
Eso tiene que contar. Y hay algo más que tener en cuenta.
¿Qué pasa con el papá?

—¿Él? ¿Qué pasa con él? No los ha visto en años. Ellos
no le importan. —Skyla tropezó y después recuperó el
equilibrio—. ¿Dónde está Naomi?

—Skyla, ¿qué te hace pensar que te entregaré a la niña? Especialmente en estas condiciones. Veo que estás bebiendo otra vez.

—¡Eso no es asunto tuyo! Ahora, te lo repito otra vez. Clive, Naomi y yo nos vamos a Las Vegas. ¿Dónde está Naomi?

Bernardo dio unos pasos hacia Skyla, apuntándole con la pala.

Skyla retrocedió lentamente y agitó un dedo tembloroso ante abuelita.

¡Muy bien! Volveré con Clive para recoger a Naomi el sábado al mediodía y espero que tenga las maletas hechas. Si no está lista, iré directo a la policía. Jamás olvidaré que nos estás creando problemas a Clive y a mí. Naomi no te pertenece. Me pertenece a mí. Es mi hija.

Fabiola y Lulú pasaron la noche con nosotros en Bebé Beluga, aunque no me sirvió de mucho consuelo. No logré dormir más de diez minutos seguidos porque temía que Skyla y Clive me atraparan en cualquier momento.

Cuando me levanté el viernes por la mañana estaba más cansada que cuando me había acostado la noche anterior. No importaba. De todos modos no iríamos a la escuela, y a mí me parecía bien. Me pegué a abuelita como la hiedra a la pared de un cobertizo y, en cuanto oía el más mínimo sonido, miraba por encima de mi hombro. Esa tarde, abuelita fue con Fabiola a hacer algunos mandados y me dijo que no podía acompañarlas. Owen y yo nos quedamos con Bernardo. Lulú estaba cerca como perro guardián. Aun así, cuando uno de los trabajadores de la granja llamó a la puerta, corrí a la cocina y me eché a llorar.

Esa noche, abuelita y Fabiola apenas vieron *La rueda de la fortuna*. Con las cabezas juntas, platicaban en voz baja sin parar. Cuando me arrastré a la cama, mi cuerpo se derrumbó sobre el colchón, pesado y blando como un saco de harina medio vacío. Era un cansancio completamente diferente del que había conocido toda mi vida.

Sonriendo, abuelita vino a arroparme.

Le había preguntado una docena de veces, pero tenía que preguntarle de nuevo.

—¿Estás segura de que Skyla no vendrá a buscarme mañana?

—No te preocupes —dijo abuelita—. Te aseguro que mañana no estarás con Skyla.

—Pero la policía...

—Shhh —dijo abuelita—. Tengo un plan, Naomi. No te preocupes. Ahora, ¿puedes regalarme una sonrisa? Los últimos días has estado con el ceño fruncido todo el tiempo.

Me esforcé por levantar los extremos de la boca. Luego caí completamente dormida.

Un sonido regular, como un reloj, me acunaba en una niebla profunda y suave sin pesadillas ni sueños, solo la nada, una y otra vez. Bruma y movimiento, bruma y movimiento. Me sentía como suspendida en una hamaca de sueño, balanceándome hacia atrás y hacia adelante.

Cuando me desperté en la mañana, me sentía tranquila como un gato después de una larga siesta, hasta que parpadeé varias veces. Entonces, la tranquilidad me abandonó de golpe.

Me incorporé.

—¡Owen!

Con los ojos soñolientos, Owen se incorporó y me miró.

Los dos nos agarramos al borde de nuestras camas.

Las paredes aullaban y vibraban. ¡Un terremoto!

—¡Abuelita! —grité, pero no me respondió.

Intenté pensar. ¿Qué dicen en la escuela que debemos hacer? Colocarnos en el dintel de la puerta o en un baño pequeño.

Salí con esfuerzo de la cama y ayudé a Owen. Lo jalé mientras intentaba mantener el equilibrio con una mano sobre la pared de la casa-remolque, pero apenas podía mantenerme parada. El temblor seguía un ritmo constante.

—¡Abuelita! —grité de nuevo.

Avancé a tropezones por el estrecho pasillo con Owen de la mano. Por un momento, me dio miedo mirar en la sala-cocina. Había visto las películas de terremotos y los noticieros de televisión. No quedaba nada en las paredes: alacenas abiertas y platos rotos en el piso. Avancé un poco y me asomé a la sala. Abuelita y Fabiola estaban sentadas a la mesa tomando café. Vi a través de la ventana que tenían detrás que los autos pasaban a toda velocidad en sentido contrario. No se trataba de un terremoto. ¡Bebé Beluga se movía por la autopista! Por la ventana delantera de nuestra casa-remolque vi que la camioneta de Bernardo nos arrastraba. Lulú estaba sentada encima del respaldar, mirándonos por la ventana trasera y jadeando con la boca abierta. Las valijas y las cajas estaban amarradas con cuerdas en el compartimiento de la camioneta. Miré las alacenas de Bebé Beluga. Estaban repletas de cajas con alimentos, agua embotellada, un paquete de veinticuatro pastillas de jabón Nature's Pure White y un envase tamaño familiar de cinta adhesiva transparente.

Nunca había visto a Owen tan feliz. Saltaba una y otra vez todo lo que podía, viendo que estábamos en un vehículo en movimiento. Se reía tanto que finalmente tuvo que sentarse en el piso.

—¿Puede Lulú ir con nosotros aquí atrás? —preguntó en un momento que dejó de aplaudir.

—No —dijo abuelita—. En cuanto Bernardo se

detenga, todos nos trasladaremos a la camioneta. Es más segura.

—¿Abuelita? —dije, todavía sujetándome a un lado del remolque para mantener el equilibrio.

—Naomi, ni en mis más fantásticos sueños imaginé que pondría a Bebé Beluga en movimiento. Le dije a Skyla que iría al fin del mundo con tal de protegerte y estoy cumpliendo esa profecía. Además, siempre dije que tú y Owen debían conocer su historia mexicana, así que nos vamos de vacaciones a México.

—A Oaxaca —dijo Fabiola—, para ver a nuestra familia y pasar la Navidad.

Fabiola hablaba como si fuera algo que hubiéramos planeado, como si se tratara de una celebración habitual a la que nunca faltábamos. Sostenía un mapa enorme de carreteras de México. Nuestra ruta estaba pintada con un marcador rojo.

—Lemon Tree está por aquí. —Señaló cerca de Tijuana, en la frontera con San Diego. Después desdobló el mapa del todo—. Y vamos... aquí. —Fabiola golpeó con el dedo un Estado de México, muy cerca de América Central—. Está tan lejos como si fuéramos en carro hasta Nueva York.

Me acerqué. Sobre el estado estaba escrita la palabra OAXACA.

—¿Qué significa? —pregunté mientras señalaba la palabra con el dedo.

Fabiola se echó a reír.

—Es el nombre del estado. Se pronuncia gua-ja-ca. Y aquí, esta estrella, es la ciudad de Oaxaca, la capital del estado y la ciudad donde vive nuestra familia. Están muy contentos porque vamos a visitarlos. No nos vemos desde hace muchos años.

—¿Y la escuela? —preguntó Owen.

—Las vacaciones de invierno empiezan dentro de dos semanas y no hay clases hasta el ocho de enero. Ustedes tendrán dos semanas extra de vacaciones —dijo abuelita.

—¡Hurraaa! —gritó Owen.

—Ya hablé para avisar a los maestros —dijo abuelita—.
La señora Maloney recogerá el correo, regará las plantas y
alimentará las gallinas de Fabiola.

Ojalá le hubiera contado a Blanca que nos marchába-
mos. Seguro que le hubiera gustado saber que estábamos
camino a México. ¿Y si a su mamá la ascendían y se iban
a otra ciudad antes de que yo volviera? ¿La volvería a ver?
Crucé el remolque y me acurruqué junto a abuelita. Ella
me rodeó con el brazo. Miré por la ventana las colinas de
color café.

—Nos estamos escapando —dijo abuelita— y por un
buen motivo. Ayer conocí a una joven abogada muy simpática que tenía un montón de cosas que contarme. Conseguí
la tutela temporal tuya y de Owen. ¿Ves esta carpeta?
—Abuelita sostenía un grueso sobre—. Tengo sus parti-
das de nacimiento y mis papeles firmados ante un notario.

Abuelita miró de reojo a Fabiola como si se estuvieran
contando un secreto.

—Tenemos una audiencia en el juzgado el día antes de
que empiece la escuela, el siete de enero. Resulta que hay

una oficina de ayuda legal gratuita para gente como yo, ahí mismo en Lemon Tree. Y tenemos que agradecerle a Clive que me diera la idea. Solo siento no haberlo sabido antes.

—¿Lo sabe Skyla?

—Lo sabrá en cuanto reciba la notificación. Le va a dar una rabieta cuando se entere. Naomi, me estoy arriesgando al ir al juzgado y dejar que un juez decida sobre nosotros, puede que esté abriendo una lata de gusanos, pero no veo otra solución.

Fruncí la frente.

—Pero ¿qué pasará si el juez decide que...

—Ni lo pienses —dijo abuelita—. La abogada dijo que el juzgado designaría a un mediador, alguien que no esté a favor de ninguna de las dos partes, para que entreviste a todos los afectados. Eso quiere decir que todos podremos hablar. Además, vamos a intentar encontrar a tu papá y le pediremos que nos ayude. La abogada dijo que sus deseos tendrán mucho peso para el juez. Tu padre también tiene sus derechos. Si puedo convencerlo de que escriba una carta a nuestro favor... bueno, él es nuestro boleto ganador,

Naomi. Y de verdad, lo encontraremos. Solo debemos creer que ocurrirá... —su voz se perdió en un suspiro.

Yo quería creerlo. Lo creía.

—¿Sabes dónde vive... nuestro padre?

—Lo último que supe fue que vivía en Puerto Escondido, cerca del mar. Lo único que sé con seguridad es que todos los años pasa unos días en la ciudad de Oaxaca, antes de Navidad, y participa en el festival de los rábanos, que se celebra el día veintitrés.

—¿Y si no quiere ayudarnos?

—Santiago siempre fue un hombre bueno y amable —dijo abuelita—. Espero que no haya cambiado y que desee lo mejor para ustedes. No tengo otra salida que encontrarlo.

Sentada tan cerca, veía manchas oscuras bajo los ojos en la piel de abuelita. No se había rizado el pelo y parecía más pequeña, más anciana y más cansada que nunca. De pronto quise acurrucarla en mis brazos y acunarla como si fuera un bebé. Miré a Fabiola, que examinaba el mapa, y vi la parte de atrás de la cabeza de Bernardo en la camioneta.

Sabía que este viaje no estaba planeado. Me volví hacia la ventana. Había cientos de pájaros posados sobre un cable de teléfono. En un instante salieron volando, se elevaron con terca determinación y cruzaron el cielo rumbo a otro lugar.

Acaricié la mano de abuelita y luego estiré la mano para agarrar mi cuaderno que estaba sobre la mesa. Empecé una página nueva y escribí cien veces, *Lo encontraremos, lo encontraremos...*

montones de hoy

México desfilaba afuera de la camioneta de Bernardo, pero a veces el paisaje se volvía borroso y mi mente se nublaba con todo lo que había ocurrido: la noche en que Skyla entró en Bebé Beluga, la M perfecta de sus labios, yo sentada en el piso mientras ella me hacía una trenza, la cara de Owen cuando vio la bicicleta y mi ropa nueva. Mis pensamientos también estaban perturbados por el recuerdo del Día de Acción de Gracias, la tarde de la reunión de padres y maestros, el Hospital Pediátrico y la furia de Skyla. Ahora perseguía a un padre que solo era un jirón de humo flotando en el aire, alguien a quien no estaba segura de poder tocar jamás.

Aunque mi vida era una mezcla nebulosa de lo bueno y lo malo, una cosa sí estaba tan clara como el vidrio de una ventana limpiada con vinagre: mi sitio estaba junto a abuelita y Owen. No quería vivir con Skyla, Clive y Zafiro. Si encontrar a mi padre *era mi única esperanza, entonces me aferraría a todas y cada una de las creencias positivas, optimistas y capaces de conmocionar al universo para que mi deseo se cumpliera.*

Ojalá no estuviera todo México interponiéndose entre mí y mi felicidad.

Eran solo las cinco y media de la mañana, pero Bernardo quería llegar a la ciudad de Oaxaca antes de que las calles se llenaran con el tráfico de los días laborables, así que la camioneta y el remolque avanzaban pesadamente por la carretera. Nos quedaban dos horas más para llegar.

Bajo la luz tenue del amanecer, abuelita estudiaba el pequeño calendario que tenía en la parte de atrás de su chequera.

—Han pasado cuatro semanas desde que Skyla llegó a Lemon Tree, pero yo siento como si hubiera vivido un año desde ese día, y además me han salido cientos de canas más. Si alguien me hubiera dicho entonces que hoy estaríamos viajando a México y alojándonos en moteles con Bebé Beluga a tiro de piedra, me habría resultado más fácil creer que una vaca saltó sobre la luna. Owen, quédate quieto ahí atrás. Te mueves tanto como Lulú.

Durante los cuatro días del viaje, Owen y yo pasamos el tiempo jugando cartas y ese juego en el que dices el estado al que pertenecen las matrículas de los autos que pasan. (¡No me imaginaba que hubiera tanta gente de Estados Unidos en México!). Cuando no estábamos jugando, Owen colocaba frazadas a su alrededor, como si fuera un nido, y le leía en voz alta a Lulú. Por la noche, nos alojábamos en moteles pequeños. Bernardo y Owen dormían en Bebé Beluga con Lulú. Abuelita, Fabiola y yo dormíamos en el motel. Ahora, mientras la camioneta y el remolque circulaban por las suaves curvas de unas verdes colinas, Owen saltaba en su asiento.

—¿Por qué no le lees a Lulú un poco más? —pregunté.

—No tengo ganas —respondió—. ¿Cuánto falta?

Abuelita se dio la vuelta con una mirada de desesperación que decía que su paciencia se estaba acabando.

—Owen, ¿quieres ver mi nueva lista asombrosa? —pregunté.

—¿Cuál?

Pasé las páginas de mi cuaderno. Pasé la más reciente lista de "Preocupaciones diarias y regulares sobre México", que estaba basada en todo lo que había oído en el patio de la escuela: historias de chicos universitarios que fueron a Tijuana y los metieron en la cárcel sin ningún motivo y sus padres tuvieron que rescatarlos por miles de dólares; informes sobre personas que fueron a acampar a la playa en Baja California y los asesinaron; advertencias de no beber el agua ni comer carne porque se podían contraer enfermedades terribles; rumores de que todo el mundo se orinaba en las cunetas para que todo el país oliera mal.

Empecé a leer en voz alta cuando llegué a la página "Cosas que vi en el camino a Oaxaca": 1) Desiertos color café, 2) Vacas, 3) Autos que tocaban la bocina para que Bebé Beluga se apartara, 4) Colinas rojizas con algo de verde, 5) Campos de maíz, 6) Manzanos, 7) Burros pastando, 8) Bosques de bambú, 9) Árboles de aguacate, igual que en casa, 10) Montañas verdes con nubes en sus cumbres.

—Te olvidaste del perro muerto en la cuneta y las ardillas, todas juntas, que vimos en un árbol —dijo Owen.

Lo anoté.

—Y esa mujer que vendía tortillas en la gasolinera.

Y la araña que parecía un escorpión, pero que no lo era, que entró en Bebé Beluga la primera noche... y olvidaste el arco iris... oh, y las cucarachas de aquel pequeño motel rosado. No olvides las cucarachas...

La camioneta continuó subiendo lentamente durante más de una hora mientras Owen seguía con sus ocasionales brotes de recuerdos. Finalmente, en la distancia, vi un valle plano salpicado de miles de tejados blancos.

—Esa es la ciudad —dijo Bernardo—. Está situada sobre una meseta.

Las colinas de poca altura que rodeaban la meseta me recordaron a un pedazo de tubería vieja de cobre: verdes, doradas y cobrizas. En el horizonte, detrás de las colinas, enormes montañas encorvadas de color morado hacían guardia. Abajo, las sombras de las pequeñas nubes hacían que todo el valle pareciera que tuviera motas, como una chaqueta de camuflaje.

—¡Vaya! Nunca pensé que algún día viajaría a un lugar tan tropical —dijo abuelita.

Añadí *tropical* a mi lista de "palabras espléndidas".

—Qué lindo es estar cerca de casa —dijo Fabiola, mirando por la ventana con los ojos brillantes.

Bernardo condujo la camioneta por la llanura a lo largo de los campos de color café que parecían necesitar bastante agua de riego.

—Ya casi llegamos —dijo Bernardo—. Casi estamos en el Barrio Jalatlaco.

—Creía que íbamos a Oaxaca —dijo Owen.

—El Barrio Jalatlaco es un barrio de Oaxaca —respondió Bernardo.

Abuelita, Owen y yo practicamos el nombre varias veces, haciendo reír a Bernardo con nuestros intentos.

A medida que nos acercábamos a la ciudad, la carretera se volvía estrecha y el piso era desigual porque estaba hecho de piedras y cemento. Bebé Beluga ocupaba más de la mitad de la carretera. Cuando pasó otro auto en dirección contraria, el conductor tuvo que subirse a la acera para poder pasar, pero no se enojó. Nos saludó con la mano y sonrió.

Leí en voz alta los nombres de las calles grabados en los edificios: El Calvario, Refugio, Niños Héroes.

Abuelita se rió.

—Ya no estamos en Lemon Tree.

—Esta es la calle —dijo Fabiola.

Bernardo dobló hacia lo que parecía un callejón largo. Me erguí en el asiento y miré por la ventana. No veía ninguna casa. Solo muros y más muros, algunos de dos pisos de altura. Había vallas de madera a ambos lados de la calle, luego paredes de ladrillo, luego muros de cemento pintados de colores diferentes, pero todo seguido. Rejas negras cubrían las ventanas y las puertas que daban a la calle, y parecía que no había tejados. De vez en cuando pasábamos delante de enormes puertas dobles de madera. ¿Qué había detrás de ellas? ¿Viviría aquí mi padre? ¿Y dónde podría dejar Bernardo a Bebé Beluga?

Bernardo finalmente se detuvo frente a dos puertas de madera desvencijadas que eran más altas que la camioneta. Estaban torcidas y apenas se juntaban en el centro.

Bernardo saltó de la camioneta, deshizo el nudo de la cuerda que unía las dos puertas y las abrió de golpe.

Detrás de ellas apareció un pequeño mundo con un campo de hierba y, justo en el medio, un árbol gigante lleno de flores moradas.

—¡Miren eso! —dijo abuelita— ¡Es el jacarandá más grande que jamás he visto!

Al fondo del campo había una casa gris pequeña, cuadrada y achaparrada. A un lado de la casa se extendía un huerto con hortalizas bien crecidas y una enredadera cubría la valla. Al otro lado había una lavadora apoyada contra la pared. Pinzas de plástico que relucían bajo el sol de la mañana sujetaban cuatro filas de ropa que ya estaban rígidas por el aire seco. Detrás de la casa, una buganvilla se extendía sobre la pared que separaba la casa del vecino. Pequeños senderos cruzaban el jardín, pero no estaban bien hechos como los de una revista. Eran caseros, como en un parque de caravanas.

Fabiola, Owen, abuelita y yo nos bajamos de la camioneta y salimos a la calle de piso desigual.

—Creo que nunca había visto una calle de adoquines —dijo abuelita.

—Aquí las hay por todas partes —dijo Fabiola—. Tienes suerte de llevar zapatos cómodos. Ese suelo es incómodo para los pies.

Bernardo volvió a subir a la camioneta y empezó a retroceder lentamente para meter el remolque por la estrecha abertura entre las dos puertas hasta estacionarlo junto a la casa. Luego nos hizo una señal para que entráramos, y cerró las puertas enormes.

No podía quitar los ojos de la pequeña casa y de los muros que la rodeaban. En este jardín existía un universo completo, pero nadie lo adivinaría desde la calle. Skyla y Clive nunca nos encontrarían aquí.

—¡Hola! ¡Aquí estamos! —gritó Bernardo. La puerta de tela milimétrica se abrió de par en par y salieron un hombre, dos mujeres y un niño pequeño.

Abrazos, besos y palmadas en la espalda se sucedieron entre los familiares. Bernardo y Fabiola nos presentaron.

La casa pertenecía a la hermana de Fabiola, Flora, y a su esposo, Pedro.

Flora y Fabiola se parecían mucho excepto en dos cosas. Fabiola tenía el cabello corto y rizado por la permanente y llevaba diminutos aretes redondos, mientras que Flora tenía el cabello corto y liso y llevaba unos aretes colgantes. Pedro me recordaba a Santa Claus por su bigote gris y su barriga redonda que se agitaba al caminar.

Graciela, su hija, parecía tener algunos años más que Skyla. Tenía el cabello negro más largo y espeso que yo había visto. Era perfectamente liso y lo llevaba recogido atrás, la mitad hacia arriba y la mitad hacia abajo. Si alguna vez me acababa de crecer el flequillo, yo me peinaría exactamente igual. Con su uniforme de pantalón rosa, una bata con conejitos y zapatos deportivos blancos, parecía una enfermera del Hospital Pediátrico, pero no lo era. Fabiola nos había dicho que era la asistente de un doctor y ayudaba en las revisiones de los bebés. Vivía en la casa con su hijo de siete años, Rubén, que tenía unos cachetes

lindos y redondos. Sentí lástima por él porque esos cachetes eran de los que les gusta pellizcar a las señoras.

Todos sabían que no hablábamos español, pero nos sonreían. Flora y Graciela nos abrazaron enseguida aunque no
las conocíamos.

—Yo hablo inglés —dijo Graciela, sonriendo— y mis
padres hablan un poquito.

Yo también sonreí.

Rubén se acercó a Owen. Tenía el cabello negro y
corto, con un corte de persona grande. Alguien se había
molestado en hacerle una raya perfecta a un lado y peinarlo
con gel. Aunque era casi Navidad, hacía calor, así que llevaba pantalones cortos y sandalias. Sacó de su bolsillo una
pelota de goma pequeña y la sostuvo en alto.

Owen asintió y los dos corrieron a un lado del jardín y
empezaron a lanzarse la pelota.

Abuelita movió la cabeza y dijo:

—Darle una pelota a un niño es suficiente para sellar
relaciones internacionales.

Seguí a todos los que entraban en la casa, atisbando las habitaciones a medida que nos dirigíamos a la cocina, situada al fondo. Había dos dormitorios, una sala, un baño y una cocina. Bebé Beluga era casi igual de grande. Algunas ventanas no tenían cortinas y estaban abiertas al mundo. Por el aspecto de las sillas de hierro que había en el jardín, supuse que el exterior formaba parte del área de la sala, igual que en Avocado Acres.

Un olor a comida me cosquilleó la nariz. En la cocina, Flora nos hizo señas para que nos sentáramos a una mesa larga cubierta por un mantel plástico con flores. Fabiola nos sirvió un vaso de jugo a abuelita y a mí. Sabía a ponche, pero con canela. No estaba segura de que me gustara o no. Antes de que pudiéramos darnos cuenta, Flora nos estaba sirviendo huevos, tortillas y chorizo picante. Graciela llamó a Owen y a Rubén para que entraran y todos nos apretamos en torno a la mesa. Durante el desayuno, Bernardo y Fabiola contaron lo que nos había pasado. Sabía de qué estaban hablando porque repetían constantemente nuestros nombres y el de Skyla y Clive.

Flora, que todavía estaba parada junto a la cocina con una espátula de madera levantada, dijo:

—León..., León... —y empezó a hablar muy rápido con Fabiola.

—Dice que la señora del queso del mercado se casó con un León —dijo Fabiola—. Mañana, cuando hagamos la compra, hablaremos con ella.

El rostro de abuelita se contrajo de preocupación.

—Pero ¿León no es un apellido muy común?

—Sí y no —dijo Fabiola—. Hay muchos con ese apellido, pero es un nombre muy antiguo y con mucha tradición y, bueno, los primos conocen a otros primos que a su vez conocen a otros primos.

—Quizás tengamos suerte —dije.

—Quizás —dijo abuelita, pero me di cuenta de que, de repente, ella no estaba convencida. ¿Qué había pasado con sus ideas sobre la actitud mental positiva? Por lo que deduje de las frases que Fabiola y Graciela iban traduciendo, el resto de la plática fue para ponerse al día de las noticias de la familia. Miré las cosas tan raras que había en las paredes de la cocina: un pavo real pintado con colores vivos sobre un papel extraño que parecía una bolsa de cuero; pequeños platos de cerámica pintados con frutas y verduras; una fila de espejos de lata diminutos pintados con flores rojas y rosadas; y el retrato de una hermosa reina con corona y un vestido largo decorado con oro y perlas.

Graciela se dio cuenta de que miraba el dibujo de *Nuestra Señora de la Soledad*.

—Es la santa patrona de Oaxaca —dijo—. Puedes ver la estatua en la basílica, una linda iglesia antigua que no está muy lejos del zócalo, la plaza de la ciudad.

—Soledad es mi segundo nombre. Y también el de Owen.

—Es un nombre muy especial en Oaxaca —dijo Graciela.

Le sonreí, pensando que también debía de haber sido especial para mi padre. Cuando terminamos el desayuno, eran solamente las ocho y media de la mañana, pero parecía que ya era mediodía. Pedro se marchó a su trabajo, un gran hotel donde trabajaba como jardinero, y Graciela se fue a la clínica. Owen y Rubén salieron al huerto de Flora. Bernardo señaló una araña gigante que había sobre la valla y les dijo que nunca mataran a esa especie de araña porque en Oaxaca se pensaba que daba buena suerte. Entonces los chicos iniciaron la búsqueda de "la araña de la suerte".

Ayudé a abuelita a organizar a Bebé Beluga. Primero abrimos todas las ventanas. Abuelita abrió luego el cuarto que servía de depósito y sacó un pedazo largo de alfombra verde para el interior y el exterior. También sacó la mesa para jugar a las cartas y las sillas de la señora Maloney.

—Me las prestó en este momento de necesidad —dijo abuelita—. ¿No es maravilloso?

No pude dejar de sonreír pensando que la señora Maloney y abuelita conspiraron para traernos a México. Desenrollé el toldo azul y lo elevé con cuatro postes que estaban atados a un costado del remolque. Así daba una agradable sombra. Mientras colocábamos la mesa y las sillas, abuelita canturreaba todo el tiempo.

Cuando todo estuvo colocado, abuelita se puso las manos en las caderas y dijo:

—Naomi, creo que me siento como una sábana limpia y ventilada el día que toca cambiar la ropa de cama. Sí... creo que así es como me siento.

Sentí una pizca de duda en la voz de abuelita, como si estuviera tratando de convencerse a sí misma de su propia alegría, pero aún así, continuó canturreando.

Bernardo se sentó bajo el jacarandá con un tablero de madera y sus herramientas. Yo entré en el remolque y encontré el paquete de las veinticuatro pastillas de jabón Nature's Pure White. Desenvolví una pastilla de jabón y me uní a Bernardo.

—Esto es muy agradable, ¿no? —dijo Bernardo mientras me daba un pequeño cuchillo.

Yo asentí.

—Mañana vendrá a cenar mi primo Beni y tú lo conocerás. Este año vamos a tallar juntos para el festival y también con Pedro. Será en el zócalo, la plaza que está en el centro de la ciudad, dentro de... doce días. Debemos decidir muy pronto qué vamos a presentar.

—Eso es mucho tiempo ¿no? —dije.

Bernardo se arregló el sombrero de paja.

—Algunas personas pasan meses decidiendo qué van a presentar. Además, no es mucho tiempo cuando los parientes tienen que ponerse de acuerdo.

Señaló mi talla con la cabeza.

—¿Qué hay adentro?

Ojalá pudiera mirar en el jabón y decir: "Mi padre está dentro". Entonces quizás podría tallar y encontrar el rostro de mi padre mirándome. ¿No sería eso fácil? ¿Qué pensaría Bernardo si le contara los disparates que tenía en la cabeza?

Sostuve la pastilla de jabón contra el cielo turquesa y la examiné.

—Quizás una ardilla sentada, con la cola así. —Hice una S con la mano—. ¿Qué pintarás?

—Quizás el sol saliendo sobre las montañas —dijo—, pero ya veremos qué pasa. Oaxaca es la ciudad de la magia y las sorpresas. Cuando estoy aquí, soy diferente, así que el arte es diferente.

Una brisa suave de aire cálido me hizo cosquillas en la

cara. Miré los muros que me acogían y respiré profundamente, pero no con preocupación, sino con alivio.

Pasé el cuchillo sobre el jabón y unas pequeñas virutas salieron disparadas y revolotearon en el aire. Mientras contemplaba las piruetas blancas, mi propia risa me sorprendió.

el rastro de los osos

—Naomi, ¿vienes con nosotras? —exclamó abuelita.

Yo estaba parada detrás de una enorme planta de cala-
bacines con Owen y Rubén, boquiabierta ante la enorme
araña del huerto del tamaño de mi mano.

—¡Ya voy! —dije. Dejé rápidamente a los niños con su
tesoro y salí corriendo hacia Fabiola, Flora y abuelita, que
estaban en el portón delantero. No quería dejar de conocer
a la señora del queso.

Caminamos por las calles de piso desigual del Barrio
Jalatlaco hacia el mercado. Aunque estábamos en la calle,
Fabiola y Flora todavía vestían largos delantales sobre sus
ropas. (Abuelita no se había desviado de su traje pantalón
y sus zapatos deportivos). Todas llevaban grandes bolsas
de malla para hacer compras. Abracé mi cuaderno. Quería
tenerlo a mano por si tenía suerte y podía escribir un
nuevo dato en la página que decía: "Todo lo que sabemos
sobre nuestro padre": 1) Se llama Santiago Zamora León.
Eso lo sabemos con seguridad porque abuelita lo buscó en

nuestros certificados de nacimiento, 2) Santiago Zamora también es el nombre de una ciudad en Guatemala, pero Fabiola dijo que es solo una coincidencia, 3) Vive en Puerto Escondido, cerca del mar en el estado de Oaxaca, 4) Puerto Escondido está muy lejos de la ciudad de Oaxaca, a unas cinco horas en auto, 5) Es pescador y tiene un barco, 6) Le gusta tallar, 7) Según abuelita, siempre fue un hombre bueno y gentil, 8) Una vez quiso que nos fuéramos a vivir con él.

Caminamos cinco cuadras y llegamos a un edificio que parecía un enorme almacén blanco. En la fachada, unas letras rojas gigantes formaban las palabras "Mercado de la Merced". Me había imaginado una tienda de comestibles o un supermercado, pero esto era muy distinto de todo lo que yo conocía. El piso de cemento estaba abarrotado de mesas y puestos. Era una fiesta de colores y olores: flores, tortillas, paquetes de fuegos artificiales, piñatas, frutas, carne cruda, hierbas y verduras, especias sin moler en grandes tarros de conserva. En una mesa había una torre que a mí me llegaba al hombro con diferentes clases de chiles. Sentí olor a fresas y naranjas en un puesto de jugos de frutas. Una mujer estaba sentada en el piso junto a una enorme olla hirviendo y vendía tamales mientras amamantaba a su bebé. Encontramos a la señora del queso sobre un asiento alto detrás de un mostrador donde se amontonaban pequeñas ruedas de queso blanco. Detrás de ellas, en la pared, había un cartel que decía "Quesillo".

—Ke-si-llo —leí, tratando de descifrar la palabra.

Flora y Fabiola movieron la cabeza en señal de aprobación.

—Estás aprendiendo muy rápido, Naomi —dijo Fabiola.

La mujer sacó largas tiras de dos pulgadas de ancho de las ruedas de queso y las juntó formando bolas gigantes. Flora señaló una y la mujer la pesó en la báscula. Después la envolvió con pericia en papel blanco y se lo dio a Flora. Fabiola y Flora comenzaron a platicar con la mujer y escuché el nombre de Santiago León.

Busqué en el rostro de la mujer alguna señal de reconocimiento. ¿Era pariente? ¿Conocía a mi padre? ¿Sabría dónde encontrarlo? La miré, expectante, como si fuera una adivina a punto de decirme mi destino.

La mujer me miró, sonrió y me dio una tira de queso.

—Ella se casó con un León —dijo Fabiola—. No ha oído hablar de tu padre, pero su esposo tiene muchos primos que ella no conoce y algunos viven cerca del mar. Le preguntará a su familia esta noche y nos llamará si sabe algo.

Flora estaba escribiendo su número de teléfono en un pedazo de papel y se lo dio a través de los montones de ruedas de queso. Me despedí con la mano antes de marcharnos.

La tira de queso se parecía al queso blanco que abuelita compraba en el supermercado de Lemon Tree, pero era más cremoso y suave. Decidí que el quesillo era mi nueva comida favorita en México. Pasé las páginas de mi cuaderno y empecé una nueva lista, "Palabras estupendas de México": 1) Jalatlaco, 2) Mercado, 3) Quesillo, y más adelante añadí 4) Mole, la salsa del tamal que comimos en el mercado y 5) Piña y coco, el helado que comí al regresar a casa.

Esa noche vino a cenar el primo de Bernardo, Beni. Era tan bajito como Bernardo, pero mucho más joven y parecía más un hijo que un primo. Nos entretuvo haciendo muecas chistosas para Rubén y Owen, lo que les hizo morirse de risa. Bernardo había usado algunas de mis figuras talladas para hacer un adorno para la mesa. Beni las examinó atentamente.

—Muy buenas —dijo.

Cada vez que el teléfono sonaba, pensaba en la mujer del queso. ¿Habría vuelto ya a su casa? ¿Le habría preguntado a su esposo si conocía a mi padre? Por ahora, las únicas llamadas habían sido para Graciela.

Durante la comida, todos parecían hablar a la vez. Al fondo sonaban canciones en español en la radio y las fuentes de comida pasaban suavemente de mano en mano. Me concentré en el pollo con salsa roja que estaba bastante picante. Fabiola también hizo quesadillas con grandes tortillas de harina dobladas por la mitad. Por dentro el quesillo se derretía sobre flores amarillas de zapallo. No dejé ni las migas. ¡Esta comida no se parecía ni de lejos a las costillas de cerdo de los jueves!

Cuando acabamos de comer, todos nos quedamos en la mesa tomando café y chocolate caliente mientras hablábamos sobre el concurso de los rábanos. Fabiola traducía.

—Hagamos una escena tradicional, una iglesia o la Natividad —dijo Pedro.

Beni negó con la cabeza.

—Hicimos eso el año pasado y ni siquiera logramos estar entre los cinco mejores—. Sacó unos papeles de su bolsillo y los desdobló. Mostró el primer boceto, una escena con naves espaciales y alienígenas.

—No, no, no —gimieron Bernardo y Pedro.

El siguiente era un dibujo de una banda de música.

Más gemidos.

Luego una iglesia.

—Todo el mundo hace la catedral —dijo Flora, negando con la cabeza.

Discutieron, subiendo cada vez más el tono de la voz.

Beni golpeó la mesa con el puño y luego se paró y salió afuera. Bernardo y Pedro se encogieron de hombros y levantaron los brazos.

—¿Por qué están tan enojados? —preguntó abuelita.

—Porque este año quieren crear algo diferente, algo que capte la atención de los jueces. Cada uno tiene sus propias ideas y todos son tercos. Deben decidir muy pronto qué van a presentar. La semana próxima llegarán los rábanos del campo. Después tendrán solamente tres días para tallar.

Beni regresó cinco minutos después y los hombres se concentraron nuevamente en los bocetos. Pensé que era chistoso que Beni se enojara y luego volviera como si no hubiera pasado nada.

El teléfono sonó y cuando Flora respondió, me miró.

Crucé los dedos para tener suerte. Por favor, que sean buenas noticias. Después de una corta conversación, Flora colgó y habló con Fabiola.

—Era la mujer que conocimos hoy —dijo Fabiola—.

Su esposo no tiene ningún pariente llamado Santiago León que viva en Puerto Escondido. Lo siento.

Los hombros de abuelita se hundieron un poco.

—¿No podríamos intentarlo con los nombres de la guía telefónica? —pregunté.

—Naomi, ya lo pensé. Hay cuatro páginas de León, pero no hay ningún Santiago —dijo abuelita, mostrando su decepción—. Si es nuestro último recurso, lo intentaré, pero es como buscar una aguja en un pajar.

—No podemos darnos por vencidas —dije—. ¿Y los amigos de Bernardo? ¿Recuerdas? Los que llevaron a nuestro padre a Lemon Tree cuando conoció a Skyla.

Bernardo me miró con tristeza.

—No, Naomi. Esos hombres no viven aquí desde hace años, pero la comunidad de las personas que tallan está muy al tanto de lo que hacen todos ellos. Esperemos que en La Noche de los Rábanos alguien sepa algo de Santiago León.

—¿Ves? —dije, mirando a abuelita.

—Bueno, esperemos que eso funcione, porque si él no

viene al festival no tendremos tiempo de iniciar una búsqueda a ciegas en otra parte del estado.

¿Qué le pasaba a abuelita? ¿Qué había sido de toda esa
charla sobre profecías autocumplidas y sobre la idea de
plantar la luz del sol en nuestros cerebros? ¿Había olvidado
qué me pasaría si no encontrábamos a nuestro padre?

Al día siguiente, antes del desayuno, abuelita llamó a la
señora Maloney desde el teléfono de Flora para ver qué tal
iba todo.

—Skyla y Clive volvieron a Avocado Acres desde Las
Vegas —nos contó a Owen y a mí mientras nos sentá-
bamos en Bebé Beluga—. La hija de Clive iba con ellos.
Parece que es una niña muy triste. Skyla ya recibió la copia
de mi tutela temporal y no estaba muy contenta. Cuando
vio que nos habíamos marchado, fue a casa de la señora
Maloney para ver dónde estábamos y cuándo volveríamos.
La buena mujer solo les dijo que nos fuimos unos días de
vacaciones.

—¿Qué hicieron? —pregunté.

—Corrieron a la casa de Fabiola y Bernardo y vieron que ellos tampoco estaban. La señora Maloney los vio volver y meterse en el auto. Luego se fueron, pero hay algo en lo que no pensé antes de marcharnos. Quizás no sea nada... pero Skyla conoce este festival y sabe que Santiago viene aquí todos los años. También sabe que Fabiola y Bernardo son de la misma ciudad. No creo que le cueste mucho sumar dos y dos y deducir dónde estamos.

—¿Vendrá aquí? —preguntó Owen.

—No... no tiene ningún motivo para venir. Técnicamente hablando, no puede tocarlos hasta que el juez tome una decisión —dijo abuelita, mirándonos y retorciéndose las manos—, pero... según la letra pequeña de los papeles de tutela yo no podía sacarlos del país. Si Skyla sospecha y puede probar que lo hice, y se lo cuenta a las autoridades o contrata a un investigador... bueno... no luciría bien a los ojos del mediador ni del juez.

—¡Abuelita! —gemí, sin creer lo que estaba oyendo—. ¿Por qué no nos había advertido antes sobre eso?

—Quizás estoy dejando volar mi imaginación, pero en este momento creo que Skyla es capaz de todo.

No quería darle crédito a la imaginación de abuelita. Quería encontrar a mi padre. Y cuanto antes, mejor.

No pude olvidarme de la guía telefónica. Le pregunté a Graciela cómo se decía "busco a Santiago León" en español. Lo escribí en mi cuaderno. Ella no pareció sospechar nada, y cuando ella y Pedro se fueron al trabajo y Flora, Fabiola y abuelita se marcharon a hacer las compras del día, le dije a Owen lo que pretendía hacer.

—Alguien tiene que conocerlo o estar emparentado con él, pero tienes que guardar el secreto, ¿bueno?

—¿Por qué?

—No quiero que abuelita nos lo impida porque no quiere que usemos el teléfono de Flora; o porque no quiere que hablemos con extraños; o porque no quiere que molestemos a la gente con llamadas innecesarias. Ya sabes lo quisquillosa que es abuelita.

—¿Puede ayudarnos Rubén? —preguntó Owen.

—Sí, pero no puede contárselo a nadie. ¿Puedes hacerle entender?

Rubén lo comprendió. Organizamos un sistema. Owen leía el número de la guía telefónica. Yo marcaba y preguntaba por Santiago León. Mucha gente colgaba enseguida o decía, "No, no". Si yo negaba con la cabeza, Rubén tachaba el número de la guía. Si la persona al otro lado del teléfono decía algo que no fuera "no", yo le pasaba el teléfono a Rubén para que hablara en español. A veces Rubén tenía una larga conversación con gente que no conocía y daba su nombre y número de teléfono. Estaba segura de que abuelita no lo aprobaría.

Cuando oímos a Flora, Fabiola y abuelita entrar por el portón, cerramos la guía telefónica.

—¿Mañana? —preguntó Rubén.

—Sí, mañana lo intentaremos de nuevo —dije, mientras ponía el dedo índice sobre mis labios para recordarle a él y a Owen que no debían contar nada.

A la mañana siguiente, Rubén se volvió más animado en sus conversaciones telefónicas y a veces oí que también pronunciaba nuestros nombres. ¿Qué les estaba contando a esos extraños? Avanzábamos muy lentamente por la guía telefónica, pero al menos sentía que al decir el nombre de mi padre una y otra vez de alguna manera nos acercábamos más a él. Quedaban nueve días hasta el festival.

De nuevo, tan pronto como oíamos el portón de la casa y las voces de las mujeres, colgábamos el teléfono, los niños corrían a jugar y yo agarraba mi caja de tallar y corría a la mesa. Los últimos días estuve tallando osos. Cuando abuelita entró en la cocina, yo estaba puliendo mi último oso.

—Parece que estuviste muy ocupada —dijo abuelita.

—Mucho —dije con seriedad mientras añadía un osezno al gran desfile que cruzaba la mesa.

Las campanas de una iglesia repicaban anunciando la misa del domingo, y tan pronto se acabó su largo eco, el teléfono sonó. Flora contestó y dijo:

—¿Rubén?

Parecía estupefacta. Yo contuve el aliento. Rubén estaba afuera con Owen y, aunque yo no podía hablar con la persona que estaba al teléfono, deseé agarrar el auricular. Flora le pasó el teléfono a Graciela.

Graciela nos miró a abuelita y a mí, también muy confundida.

—Rubén no recibe llamadas —dijo.

Agarró el teléfono y empezó a hablar. Mientras escuchaba, me miró de reojo.

Yo tomé un trocito de mi pan dulce, haciendo una pirámide de masa crujiente mientras rezaba para que fueran noticias sobre mi padre.

Graciela agarró lápiz y papel y escribió un mensaje, dio las gracias y colgó. Se acercó a la puerta y llamó a Rubén y a Owen. Unos minutos después, estábamos sentados los tres en un lado de la mesa frente a Flora, Fabiola, abuelita y Graciela.

Owen y Rubén reían y hacían muecas, deseosos de volver a jugar, pero yo sospechaba, a juzgar por la manera en que Graciela tenía los brazos cruzados, que esto no iba a ser un *picnic*.

—Parece que mi hijo y sus nuevos amigos estuvieron llamando a los teléfonos de la guía preguntando por Santiago León —dijo Graciela—. Alguien a quien llamaron ayer me dijo que descubrieron que son primos por matrimonio de la tía de Santiago, Teresa. Hablaron ayer con Rubén durante bastante tiempo. Tengo el número. Esas son las buenas noticias.

Owen y Rubén aplaudieron. Yo empecé a sonreír hasta que vi la cara seria de Graciela y sus cejas arqueadas.

Ahora venía lo malo.

—Pero la persona que llamó vive en un vecindario fuera de la ciudad. Es una llamada de larga distancia, lo que significa que cuesta dinero cada minuto. —Graciela examinó el papel, con aspecto preocupado—. ¿Cuántas llamadas hicieron fuera de nuestra área?

Respiré profundamente.

—Muchísimas, probablemente.

—¡Naomi, me sorprendes! ¿Hiciste eso? ¿Sin permiso? —dijo abuelita.

Miré fijamente mi pirámide de migas de pan y me mordí el labio inferior. ¿Es que abuelita no quería encontrar a mi padre?

Abuelita nos miró a Owen y a mí con incredulidad.

—Graciela, puedes estar segura de que pagaré la factura del teléfono y que estos niños compensarán su error.

Flora le dijo algo a Rubén en español y este bajó la mirada.

—Hablaré a este número —dijo Graciela, volteándose hacia el teléfono. No estaba segura, pero me pareció ver una pequeña sonrisa en el rostro de Graciela.

A la mañana siguiente, parada frente al estrecho espejo de la recámara de abuelita, admiré a la niña mexicana que me devolvía la mirada. Vestía una nueva blusa blanca de campesina con mangas cortas que abuelita compró en el mercado. Acaricié la tira de bordado azul y amarillo que rodeaba el cuello y que bajaba por el centro de la blusa. Abuelita siempre decía que la ropa hacía a la persona, es decir, que cuando una chica se ponía un vestido de novia se sentía como una novia y si se ponía un traje de chaqueta se sentía como una mujer de negocios. Empezaba a pensar que abuelita tenía razón porque después de completar mi vestido con unas sandalias llamadas *huaraches*, sabía que era como las demás niñas morenas que había en el barrio. ¿Qué pensaría de mí Teresa, la tía de mi padre?

Después del almuerzo, Bernardo nos llevó en el auto a abuelita, Fabiola, Owen y a mí a otra parte de la ciudad de Oaxaca. En la camioneta me alisé mi blusa nueva una docena de veces y de nuevo me ajusté la diadema que Graciela me había prestado. Owen jugaba con uno de los botones de su nueva camisa al estilo del Oeste, el mismo tipo que llevaba Rubén. Aunque ninguna persona en México había hecho ni el más mínimo comentario sobre la cinta adhesiva que usaba, el dibujo a cuadros de la camisa ayudaba a que la cinta se notara menos. Desde el asiento delantero, abuelita nos miraba a cada instante. Se había tranquilizado un poco con el asunto de las llamadas, pero solo después de que rastrilláramos las hojas del jardín de Flora y arrancáramos las malas hierbas durante toda la tarde anterior. Se inclinaba hacia delante para mirar por el parabrisas hacia donde nos dirigíamos, mientras sostenía un pañuelo de algodón que había comprado en el mercado. Ya lo había convertido en un rollo retorcido, lo que me recordó que ella también ansiaba tener información.

El auto pasó junto a iglesias y parques con estatuas y fuentes. Junto a mercadillos al aire libre y hombres que vendían helados desde carritos en las esquinas de las calles. Las calles desiguales con grandes baches nos hacían saltar en el asiento. Finalmente bajamos por una carretera que no era más que un camino de tierra delimitado por cercas desvencijadas. El tamaño y la condición de algunas casas hacían que Bebé Beluga pareciera una mansión.

La camioneta se detuvo delante de una verja de malla hecha con bambú.

—¡Aquí! ¡Mira! —dijo Bernardo.

—Esta es la dirección —dijo Fabiola.

Salimos de la camioneta y Bernardo abrió la verja.

La pequeña casa de madera parecía estar inclinada hacia la derecha, como si un lado fuera más corto que el otro. El jardín era de tierra con algunos arriates de flores delimitados por piedras colocadas en círculos. Casi todos los arriates estaban decorados con estatuas de cerámica de santos, pequeños tazones de cemento llenos de semillas para pájaros y ollas llenas de agua.

Una mujer diminuta salió de la casa. Vestía una falda floreada larga, zapatos deportivos sin cordones y una blusa blanca con un bordado rosado. Su cabello canoso estaba separado en el medio y recogido en dos trenzas largas.

Bernardo y Fabiola se acercaron y hablaron con la mujer antes de que ella se acercara a nosotros.

—Esta es tu tía abuela Teresa —dijo Fabiola—. Habla zapoteco y algo de español y yo hablo español y un poco de zapoteco. Dice que los padres de tu padre ya murieron y sus hermanos y hermanas viven en otra parte del estado.

La mujer examinó a Owen y le acarició el cabello. Luego tomó mi cara entre sus manos y la movió hacia un lado y luego hacia el otro. Su tacto era suave como una frazada de seda. Asintió y habló con Fabiola.

—Dice que ve en tu cara el rostro de tu padre —dijo Fabiola.

Miré a Teresa. Busqué el rostro de mi padre en el suyo. ¿Teníamos los mismos pómulos prominentes, la misma piel oscura y los ojos chispeantes?

Teresa entró en la casa y sacó unos refrescos de naranja y galletas, y todos nos sentamos en unas sillas de plástico debajo de un árbol. De tanto en tanto, Fabiola nos ponía rápidamente al tanto de la conversación.

—La familia de tu padre cultivaba maíz. También talla-ban figuras cuando no había mucho trabajo en el campo, pero ahora que su padre falleció y sus hermanos se mudaron a otro lugar, Santiago es el único que continúa tallando. Es tradición que los escultores participen en La Noche de los

Rábanos. Todos los años, desde hace más de un siglo, un León participa en este concurso.

—¡Más de un siglo! —exclamé—. Es increíble. ¿Tía Teresa también va?

Fabiola se lo preguntó.

—Dice que no, hay demasiada gente y las fiestas continúan hasta muy tarde en la noche. Además, tiene que hacer un trabajo para Santiago y lo tiene que terminar antes de que él llegue.

Teresa se levantó y nos hizo señas para que la siguiéramos a la parte trasera del jardín. Abrió la puerta de un cobertizo de madera y señaló el interior.

Sobre estantes rústicos hechos con tablas y ladrillos, apareció ante nosotros un regimiento de figuras talladas en madera, pintadas con colores brillantes y decoradas con elegantes líneas negras y puntos diminutos: sirenas, tigres, gallos, escenas de la Natividad, serpientes, aves de rapiña, conejos bailando, gatos, insectos y leones.

—¿Mi padre hizo todo eso? —pregunté mientras mis ojos recorrían toda la colección.

—*Alebrijes* —dijo Teresa sonriendo y asintiendo.

—Esa es la palabra zapoteca que significa figuras talladas en madera —dijo Fabiola—. A veces las llamamos animalitos. Son de Santiago. Se las trae varias veces al año. Es la tradición que los hombres tallen los *alebrijes* y las mujeres los pinten.

Teresa rebuscó en el bolsillo de su falda y le dio una foto a Bernardo, que me la pasó a mí.

—Tu padre, cuando era un niño —dijo Bernardo—. Con su padre.

Owen y yo nos inclinamos sobre la foto. Un niño feliz de unos diez años sostenía un leopardo de madera y estaba parado junto a un hombre que tenía la figura tallada de un perro montando en bicicleta. El niño tenía ojos de color café, una mata despeinada de cabello negro y la piel morena clara.

—¡Se parece a ti, Naomi! —dijo Owen.

Abuelita se inclinó a mirar.

—¡Cielos! ¡Eres el vivo retrato de tu padre cuando él tenía tu edad!

Incluso yo me daba cuenta de que era cierto. El mismo cabello, los mismos ojos, la misma piel, la misma expresión. Yo no dejaba de sonreír.

Teresa me acarició el hombro y cuando quise devolverle la foto, ella la apretó contra la palma de mi mano y cerró mis dedos sobre ella.

Mientras caminábamos hacia la parte delantera del jardín, Bernardo dijo:

—Hay algo más. Todos los participantes del festival deben registrarse antes del dieciocho de diciembre en el ayuntamiento. Pedro, Beni y yo ya nos apuntamos.

—Pero él viene todos los años, ¿verdad? —preguntó Owen.

—Según Teresa, solo faltó un año cuando no pudo llegar porque las carreteras estaban inundadas —dijo Fabiola—. Ese año, un primo participó en el festival en representación de la familia León. Teresa está convencida de que este año vendrá, si Dios quiere, claro. Normalmente llega a tiempo para Las Posadas, porque le encanta participar. Empiezan esta noche.

Graciela ya me había explicado que Las Posadas eran nueve noches antes de Navidad en las que los vecinos se reunían, caminaban por las calles y llamaban a las puertas aparentando buscar donde pasar la noche, imitando a María y José en Belén.

Hoy era dieciséis. Tenía que llegar en los dos días siguientes para inscribirse en el festival, y esta noche comenzaba su celebración favorita. Mi estómago se convirtió en una montaña rusa.

—Teresa llamará a algunos de sus parientes para que intenten hacerle llegar un mensaje a Santiago, pero ella cree que ya está de camino.

—Gracias —dije, en español, y le di un abrazo rápido.

Cuando volvíamos a casa en la camioneta, miré fijamente la foto del niño sonriente y su padre. Era mi familia. Venían a esta ciudad año tras año para una ocasión especial. Me senté un poco más erguida en mi asiento. No era extraño que Beni examinara mis figuras talladas. Yo pertenecía a la familia León, que participaba en el festival desde hacía más de un siglo.

Saqué mi cuaderno y añadí a "Todo lo que sabemos sobre mi padre": 9) Le encantan Las Posadas, 10) Me parezco mucho a él.

Fabiola colgó el teléfono, negó con la cabeza y frunció el ceño. Habían pasado tres días desde que estuvimos con tía Teresa, y Santiago todavía no había llegado.

—Teresa está segura de que vendrá para las fiestas, posiblemente en año nuevo...

—Hoy por la mañana llevaré a Owen y a Rubén al Ayuntamiento y miraré el libro del registro —dijo Bernardo.

—Bueno, supongo que se acabó —dijo abuelita, mirando su platillo con huevos.

—Abuelita, ¡todavía puede venir!—. Aparté precipitadamente mi silla de la mesa y salí al jardín. Caminé hasta el jacarandá y me senté.

Esta noche era la posada del Barrio Jalatlaco y mañana se repartían los rábanos. ¿Dónde estaba Santiago? ¿Qué podía haberle pasado? Se perdería todo y también nos perdería a nosotros.

Me quedé debajo del árbol mientras Bernardo se

marchaba con los niños y abuelita. Fabiola y Flora iban al mercado.

Una brisa empujó las flores moradas sueltas del jacarandá y cayeron como una lluvia sobre mí. Tomé una pastilla de jabón, la sostuve contra el cielo y me imaginé que adentro tenía una pequeña paloma blanca. Redondeé las esquinas de la pastilla y suavicé el arco que formaría la espalda. Pensé en Blanca. Me pregunté qué estaría haciendo y si me extrañaba. Pensé en el señor Marble y en la señora Morimoto. Si no encontraba a mi padre, ¿tendría que vivir en Las Vegas y abandonar mi vida en Lemon Tree?

Trabajé y corté, tallé y grabé, pero cuando llegué al centro, no había nada, solamente el piso cubierto por la nieve de mis frustraciones.

Les susurré a las hojas y a las flores moradas: "Santiago, no tienes que ser nuestro padre si no quieres. Solo quiero que aparezcas y me ayudes, por favor".

Mientras me inclinaba para agarrar otra pastilla de jabón y empezar de nuevo, el portón de la verja se abrió y Owen se me acercó, seguido de Rubén.

—No te preocupes, Naomi, no te preocupes.

¿Se había registrado Santiago en el Ayuntamiento?

Pero cuando Bernardo entró en el jardín, detrás de los niños, y vi sus ojos dulces tristes, supe que Owen solo trataba de consolarme. No había buenas noticias.

Esa noche, antes de Las Posadas, Graciela me cepilló el cabello hasta que relució como terciopelo. Como había pensado tanto en mi padre, pensé en el padre de Rubén. Abuelita me hubiera dicho que me ocupara de mis asuntos. Blanca me diría que hiciera muchas preguntas para obtener muchas respuestas.

—Graciela, ¿dónde está el papá de Rubén?

Ella dejó de cepillarme el cabello.

Pensé que quizás había sido demasiado grosera o curiosa.

—Ya no estamos juntos.

—¿Alguna vez quisiste abandonar a Rubén con Flora y Pedro y vivir tu vida por tu cuenta?

Graciela me giró la cabeza para que la mirara. Con cuidado colocó una vincha con cuentas sobre mi cabello.

—No, Naomi. Quiero vivir mi vida aquí, con Rubén.

A las ocho, cuando el cielo estaba oscuro, todos caminamos unas cuantas cuadras por el barrio hasta un pequeño hotel para celebrar Las Posadas. Muchos vecinos y también los turistas que se alojaban en los hoteles estaban reunidos en la calle. Flora, Pedro y Graciela parecían conocer a casi todo el mundo. En cuestión de minutos, la calle se llenó de gente.

La puerta del hotel se abrió y un hombre muy apuesto de pelo negro y barba salió a la calle con dos hijas quinceañeras cargando cestas.

—Miren —dijo Fabiola—, él lleva las candelas.

El padre les dio a los adultos palos largos de bambú con una vela en la punta, rodeada por una sombrilla de celofán cabeza abajo.

Una de las hijas me dio bengalas largas, al menos de

tres pies de largo, y luego repartió silbatos entre los niños más pequeños. La otra hija les dio cohetes a los niños.

Owen me mostró un montón de cohetes rosados y blancos saltando y riendo. Rubén hizo lo mismo.

El hombre y sus hijas encendieron la mecha de las candelas y luego todos pasaron la llama de vela en vela, hasta que toda la calle relució con luces suaves. Uno de los niños más grandes sostenía una vela y los más pequeños corrieron a encender sus cohetes y los arrojaron rápidamente lejos de la gente.

¡Pop! ¡Pop! ¡Crac!

La gente empezó a caminar lentamente por la calle. Todos, desde los más chicos hasta los más grandes, sostenían una bengala, una vela o un cohete para iluminar la noche. Yo sostuve mi bengala y contemplé los diminutos puntos blancos que salpicaban la calle. El sonido de los cohetes hacía eco sobre las calles de piedra y los muros de ladrillo. La gente se movía como una serpiente sobre los adoquines. Entonces, la multitud se detuvo ante la primera puerta y empezó a cantar.

—Es una canción famosa sobre esta noche —susurró Fabiola—. Dice, "La reina de los cielos pide cobijo por solo una noche bajo tu techo".

Al otro lado de la puerta, ¡alguien respondió! Miré sorprendida a Fabiola.

Fabiola asintió.

—La gente espera detrás de la puerta. Dicen, "No hay posada".

—Mira —dijo Graciela—. Los que nos rechazan saldrán de la casa y se unirán a nosotros.

Mientras yo miraba a la multitud, la puerta se abrió y un hombre y una mujer salieron. Otro vecino les dio unas velas y las encendieron.

Luego el desfile comenzó de nuevo. Mientras caminaba, mi bengala despedía un círculo de luz delante de mí. Abuelita tenía un candelero de bambú y, cuando la miré, su rostro parecía suave y satisfecho bajo esa luz. Tarareaba con los demás, aunque no sabía la letra de la canción.

La canción continuó y el coro de las voces se escuchó más fuerte, elevándose por el aire y haciendo eco sobre los muros del barrio. En cada casa, era como si una parte de mí también llamara a la puerta, preguntando sobre mi padre sin obtener respuesta.

Estaba rodeada de chorros de luz y sonidos. Sentí que mis ojos se llenaban de lágrimas y las sequé. Nos detuvimos delante de otra puerta y la voz de la gente sonó más fuerte. De nuevo, alguien detrás de la puerta respondió:

—No hay posada.

La procesión rodeó la cuadra y se detuvo frente al hotel donde habíamos comenzado. El padre que había entregado los candeleros llamó a su propia puerta y cantó la canción.

La voz de una mujer le respondió cantando.

Graciela susurró:

—Entren, santos peregrinos. Bienvenidos a este lugar. Aunque esta casa es modesta, nuestro corazón es grande.

Todos lanzaron gritos de alegría y los niños arrojaron un ejército de cohetes. El sonido invadió las calles. Me eché a llorar.

Graciela me abrazó.

—Al mismo tiempo se siente alegría y tristeza en el corazón, ¿verdad?

Asentí. No me extrañaba que mi padre adorara Las Posadas. Después, con la misma rapidez con que me habían brotado las lágrimas, el ambiente que nos rodeaba cambió. Las puertas se abrieron de golpe y varias mujeres salieron con bandejas de emparedados que Fabiola llamaba tortas. Las hijas servían ponche de un enorme recipiente.

En un tejado cercano vi a un niño que blandía una cuerda y luego la lanzaba. Otro niño, que estaba sobre un tejado al otro lado de la calle, la atrapó y, mientras jalaba, una piñata se elevaba desde el suelo.

Alguien mostró un palo y todos aplaudieron y dieron gritos de entusiasmo. Incluso a los niños más pequeños les dieron la oportunidad de romper la piñata. Owen lo intentó y consiguió rajarla. Cuando todo el mundo lo animó, Owen hizo una reverencia y todos se rieron, pero no de él, como lo hacían en Lemon Tree. Cuando les tocó el turno a los niños más grandes y la piñata se rompió, Owen corrió con los demás y vino a mí con las manos llenas de algo que parecían palos cortos de bambú.

—Caña de azúcar —dijo Graciela. Agarró la gruesa caña, la peló hasta arriba como si fuera un plátano y nos dio un pedazo a Owen y a mí—. Prueben.

Owen salió corriendo con la caña de azúcar colgando de su boca como si fuera un cigarro. Yo coloqué con cuidado la corteza blanca en mis labios y chupé el jugo dulce.

Una detrás de otra, las pequeñas vasijas de cerámica que había dentro de las cinco piñatas cayeron, haciéndose añicos en la calle, y los niños corrieron a recoger los cacahuates, los trozos de caña de azúcar y las pequeñas naranjas que salieron de su interior. Las mujeres repartieron paquetitos de papel anaranjados, rosados y amarillos a todo el mundo. Luego la gente empezó a alejarse de dos en dos, de tres en tres, para regresar a su vecindario. Mientras se marchaban, decían:

—¡Feliz Navidad!

También nosotros nos dirigimos a casa. Flora, abuelita y Fabiola caminaban del brazo delante de mí, como tres eslabones de una cadena. Bernardo y Pedro caminaban detrás de nosotros, hablando en español con sus voces profundas, probablemente acerca de los rábanos, que llegaban mañana para ser repartidos. Rubén y Owen, a mi lado, mordisqueaban las galletas y el caramelo que había en los paquetitos de papel. Al otro lado, Graciela me llevaba de la mano. Cada pocos minutos me miraba y sonreía con un rostro lleno de bondad.

Durante un instante, imaginé que Graciela era mi madre. Me pregunté si mi padre se habría casado de nuevo. Quizás aparecería y conocería a Graciela y se casarían. Entonces Owen, abuelita y yo viviríamos con ellos en una pequeña casa como la de Flora y Pedro, cerca de Fabiola y Bernardo. Nunca tendría que volver a Lemon Tree ni tendría que arriesgarme a tener que vivir con Skyla. Todos los años podríamos caminar juntos de regreso a casa de Las Posadas, como una gran familia.

Dimos la vuelta a la esquina. El farol de la calle arrojaba suficiente luz para dejarnos ver a una figura solitaria parada frente a las puertas de madera.

—Le dije a Beni que viniera para tomar una decisión esta noche —dijo Bernardo.

Pedro saludó con la mano y la persona también saludó.

A medida que nos acercábamos, pensé, ¿y si no es Beni? ¿Y si es mi padre?

Pero no era mi padre. Era Beni.

Todos se fueron a dormir excepto los hombres, que se juntaron en el jardín y discutieron qué podían tallar para el festival. Con mi caja de pequeñas esculturas debajo del brazo, entré de puntillas en la cocina de Flora buscando el resto del chocolate caliente que yo sabía que estaba en la parte de atrás de la estufa. Mientras sorbía el líquido, contemplé una rama de jacarandá que Rubén había dejado en la casa sobre la mesa de Flora.

La agarré y la sostuve sobre mis animales. Moví la rama hacia delante y hacia atrás como un titiritero, e imaginé lo que mi padre había tallado para nosotros. Después sostuve la rama derecha, como si creciera de la mesa. Como era lisa por la parte de abajo, se quedó en equilibrio, parada como si fuera un árbol joven. La sujeté con los saleros, los pimenteros y los botes de salsa de Flora y luego, cuidadosamente, empecé a colocar las figuras de jabón entre las ramas larguiruchas.

Beni entró a beber agua y miró el arreglo que había hecho sobre la mesa. Se acercó, examinando los animales del árbol.

—No lo toques, no lo toques —dijo y salió corriendo afuera.

—¡Finalmente! —dijo Fabiola cuando entré en la cocina a desayunar—. No querían decirnos qué decidieron tallar hasta que tú vinieras—. Se volvió a la estufa para darle la vuelta a una tortilla en lo que abuelita llamaba el trébedes negro.

—Esperemos hasta que estén todos aquí —dijo Bernardo.

Pedro me guiñó un ojo.

—Aquí estamos los que faltábamos —dijo abuelita, con Owen y Rubén justo detrás.

Mis figuras talladas estaban por toda la mesa. Bernardo acercó su silla y me arrimó una para que me pudiera sentar entre él y Pedro.

—¿Qué? —dijo Flora—. Cuenten.

Bernardo empezó a hablar rápido en español, muy entusiasmado, mientras Pedro asentía. Luego Pedro se paró y caminó por la cocina, describiendo algo y agitando las manos para expresar su entusiasmo. Su enorme barriga bailaba.

Fabiola tradujo:

—Una rama gigante como la de un árbol grande. En lugar de hojas, tendrá cerdos, pájaros, peces, cocodrilos. Una pantera acostada por acá, un elefante durmiendo por allá. Pequeños desfiles, jirafas y monos todos juntos...

Pedro se recostó hacia atrás y me acarició el hombro.

—Y en la parte de arriba —continuó Fabiola—, un león, el rey de las bestias. ¡Será maravilloso!

(Sin duda tendría que añadir la palabra *maravilloso* a la lista de "Palabras estupendas en español").

—Ssssh... sssh... los vecinos... nos pueden oír —dijo Pedro, llevándose el dedo al bigote—. La gente es envidiosa y puede robarnos las ideas.

—Naomi, puedes venir al mercado conmigo o quedarte y tallar todo el día con estos hombres locos —dijo Graciela.

Supe que estaba bromeando.

—Aquí —dije en español.

—Bueno, como quieras—. Antes de salir, bajó la cortina de la puerta de atrás.

Unos minutos más tarde llegó Beni. Metió una camioneta marcha atrás en el jardín y descargó toneles llenos de vegetales rojos retorcidos y llenos de nudos. No se parecían en nada a los pequeños y delicados rábanos que crecían en el huerto de abuelita.

Abuelita se quedó parada mirándolos, con las manos en las caderas.

—Nunca vi una cosa igual en mi vida, pero bueno, parecen camotes gigantes que pasaron por una fábrica de *pretzels*. Creo que algunos son del tamaño de Owen.

Bernardo, Pedro y Beni arrastraron un gran tonel de rábanos a la cocina de Flora.

Owen y Rubén tenían la tarea de humedecer los rábanos con agua para que no se secaran. Los dos tomaron muy en serio su trabajo y se sentaron en el piso con sus botellas de agua, esperando a que hicieran los primeros cortes.

Bernardo me sonrió y se frotó las manos deseoso de empezar. Luego tomó un cuchillo y empezó a tallar.

—¿Qué hacen con los rábanos después del festival? —preguntó abuelita.

—Después de elegir a los ganadores, los participantes

regalan las figuras. Trae buena suerte tener uno en la cena de Navidad, pero enseguida se secan y hay que botarlos.

—¡Tanto trabajo para solo unos días! —dijo abuelita, moviendo la cabeza.

—Bueno —dijo Bernardo—, es por el gusto de hacerlo, de participar y por el premio, si es que ganas.

Los dedos de los hombres eran muy ágiles y me sorprendí de que no se cortaran. Torcían y daban vuelta a los rábanos como si fueran carretes, tallando en el rábano un rostro o una figura llamativa, como la rodilla de un elefante en una espiral llena de nudos. Por fuera, los rábanos eran de color rojo oscuro, casi café. A medida que los hombres pelaban las capas, revelaban un color rojo más claro, luego rosa pálido y en el corazón del rábano, blanco. Pero el blanco estaba manchado, como si alguien hubiera puesto lejía a una blusa rosada, quedando un suave rastro de color rosado en los extremos y en las costuras.

Contemplé a los hombres que hacían magia con los rábanos y los imité. Los rábanos se cortaban igual que las papas, pero eran un poco más firmes, y cedían mucho más fácilmente que el jabón, por lo que cometí más errores. Beni me dijo que podía tallar lo que quisiera siempre que fuera un animal. Esculpí pequeños elefantes, palomas, osos y ardillas, lo mismo que ya había tallado antes.

Al final del día, cubrimos los rábanos con toallas húmedas y los colocamos en pequeñas heladeras portátiles.

Al día siguiente hicimos lo mismo. Trabajamos durante horas, riendo, charlando y cantando canciones en español. Ni siquiera me importó no saber bien las letras. Fabiola, abuelita y Flora cocinaron y prepararon limonada, y cuando Owen y Rubén no podían contener su entusiasmo, Graciela se los llevaba afuera a buscar arañas de la suerte.

El último día que estábamos tallando, Beni trajo un rábano que parecía un foco gigante.

—¿Qué harán con ese? —pregunté.

—Es para la cima de la escultura, el león. Queremos que tú lo talles... para agradecerte el habernos dado tu idea.

Miré a Pedro y Bernardo y ellos asintieron. Tomé el rábano sabiendo que era un honor. Lo sostuve y lo examiné.

—El león podría estar sentado, de cara a nosotros, con las patas delanteras extendidas y descansando sobre sus patas traseras. Así podría tallar toda la melena en un enorme círculo dentado.

—Sí —dijo Beni—. Perfecto.

Examiné de nuevo el rábano e hice unos cortes con cuidado. Si cortaba una capa muy delgada de rojo en una larga línea, se curvaría ligeramente. ¿Podría conseguir una melena rizada en el león? León. Pensar en ese nombre me recordó el delgado hilo de esperanza al que me aferraba. Si mi padre venía al festival, ¿vería el árbol de rábano lleno de animales y recordaría lo que había tallado para nosotros hacía tantos años? ¿Se pondría feliz? ¿Le gustaría saber que su hija también tallaba?

—¡Hoy es el día! —le susurré a abuelita la mañana de La Noche de los Rábanos para despertarla de su profundo sueño. Ya me había puesto mi blusa de campesina, los *jeans* y los huaraches. Abuelita se incorporó y se cubrió con la frazada delgada.

—Naomi, ¿qué hora es?

—Temprano, no podía dormir.

Abuelita se pasó las manos por su fino cabello y se aclaró la garganta.

—Quiero decirte algo antes de que te vayas.

Me senté a su lado.

—Abuelita, todo saldrá bien.

—Ahora, déjame hablar. Últimamente, hay asuntos prácticos que me preocupan.

—¿Como qué?

—Skyla quizás tenía razón cuando dijo que ningún juez querría separar a una madre de su hija, aunque la mamá haya hecho mucho mal. Estando aquí, he llegado a la conclusión de que quizás debería prepararte para esa situación... solo por si esa lejana posibilidad llegara a ocurrir. No sé cómo podría vivir sin ti, pero me preocupa mucho más cómo podrías vivir tú sin Owen y sin mí.

—Pero eso no ocurrirá —dije con firmeza—. Debemos plantar eso en nuestro cerebro.

Abuelita se echó a reír.

—Me alegra comprobar que adoptaste mi actitud positiva, pero aunque encontremos a tu padre, no sé qué resultará de este lío. ¿Y si quiere que ustedes se queden con él? ¿Qué pasaría?

—Entonces tú tendrías que quedarte con nosotros —dije, mientras la besaba en la mejilla—. Y no te quedaría más remedio que aprender a hablar español.

Después del almuerzo, nos dirigimos al centro de Oaxaca. Pedro, Bernardo y Beni en el asiento delantero de la camioneta y Owen, Rubén y yo apretados en el asiento de atrás. Detrás de nosotros, en el remolque, las neveras portátiles conservaban los misteriosos rábanos. Descargamos las neveras y los toneles con provisiones en una esquina, y Bernardo regresó con la camioneta al Barrio Jalatlaco. Después regresaría con las mujeres a pie, caminando las trece cuadras hasta la plaza de la ciudad.

Parecíamos una caravana de caballos arando en un campo de turistas, con los brazos llenos de objetos: heladeras, un balde de metal lleno de hojas de rábano, bolsas con cuchillos extra para hacer arreglos de última hora, un envase de plástico grande lleno de musgo que usaríamos como alfombra para la escena.

Después de encontrar la mesa que teníamos asignada, los niños y yo esperamos mientras los hombres se inscribían con los funcionarios.

El zócalo era un parque cuadrado circundado por árboles enormes. Los árboles estaban rodeados por una elegante verja de hierro negro y sus ramas gruesas daban una amplia sombra. En el centro del parque burbujeaba una fuente, y arbustos recortados protegían los macizos llenos de flores amarillas, rojas, anaranjadas y blancas, como el arco iris de colores de los puestos de frutas del mercado.

Junto a la calle habían instalado, para el festival, mesas largas que rodeaban el parque. Frente a las mesas había una plataforma de madera elevada con una barandilla de metal para mantener a los "mirones", como decía abuelita, a una distancia prudente. Como si fuera un cuadro dentro de otro cuadro dentro de otro cuadro, los árboles, las mesas y las plataformas circundaban todo el parque, con aberturas intermitentes para que la gente pudiera pasar.

El zócalo relucía con banderas de papeles de colores y racimos gigantes de globos.

Miré a los hombres que pasaban por la calle. Nuestro padre podía ser cualquiera de ellos. Alguno incluso podría ser un hombre que fingiera ser nuestro padre, y yo no sabría la diferencia. ¿O sí?

Beni, Pedro y yo extendimos el musgo sobre la mesa. Owen y Rubén ocuparon su sitio con las botellas de agua, esperando humedecer algo. Graciela, Flora, Fabiola, abuelita y Bernardo no tardaron mucho en llegar.

Miré a Bernardo.

—Quiero quedarme para ayudarlos a colocar todo.

—Es más importante que vayas con Fabiola y los demás a preguntar por tu padre —dijo Bernardo—. La escultura está terminada. Te prometo que la arreglaremos muy bien y que te sorprenderás como los demás turistas. Tú también tienes mucho que ver.

Los jueces no votarían hasta las cinco, así que teníamos tiempo de ir a mirar. Empezaríamos por el puesto que
estaba junto al nuestro y después caminaríamos lentamente
sobre la plataforma alrededor de todo el parque, junto a
cientos de personas. Los escultores añadieron sus toques
finales a sus escenas y empezaron a revelar el secreto que
habían guardado hasta el último minuto.

—Cuesta creer que cada detalle de todas las figuras se
haya hecho en un rábano o con un pedazo de rábano —dijo
abuelita.

—Es cierto —dijo Fabiola—. Está prohibido usar otra
cosa. Un año, alguien usó una zanahoria para añadir color
a una figura, y fue eliminado del concurso.

Oía los comentarios de los turistas parados a nuestro lado.

—Maravilloso.

—Magnífico.

—Increíble.

Y todo era cierto. Muñecas con vestidos elaborados,
músicos con trompetas, escenas de la Natividad con María,

José y el Niño Jesús, además de una oveja, camellos y los Reyes Magos. Bandidos montados en caballos briosos. Ángeles que sostenían arpas. Cristo sobre la cruz. Autobuses con niños que saludaban desde las ventanillas. Una catedral de cinco pies con santos tallados en las paredes, similar a la catedral cercana. Todo hecho con los rábanos gigantes. Fabiola y Graciela preguntaron en cada puesto por mi padre. Encontraron a muchos que lo conocían muy bien, pero nadie lo había visto recientemente. Cada vez que una persona negaba con la cabeza, el rostro de abuelita asentía cortésmente, como si dijera: "Está bien", pero sus ojos expresaban algo diferente. Mientras nos acercábamos a nuestro puesto, tomé la mano de abuelita y la apreté.

Me miró abatida.

—Se nos está acabando el tiempo, Naomi.

—¡Miren! —dijo Graciela—. ¡Se está formando una multitud alrededor de nuestra mesa!

Era cierto. Habíamos vuelto al punto de partida, pero no podíamos acercarnos a la parte de adelante.

Una mujer incluso se dio la vuelta y nos dijo:

—Esperen su turno.

A través de la multitud vi las cabezas de Bernardo, Pedro y Beni que asentían y sonreían.

Finalmente, varias personas que estaban junto a la mesa se movieron y yo me deslicé hasta la barandilla.

Había visto las piezas individuales, pero nunca pude imaginar cómo las arreglarían. Un rábano sobre otro y sobre otro estaban atados con raíces para crear el tronco gigante del que salían las ramas. De la parte de arriba salían hojas de rábanos. Peces de todas las formas y tamaños parecían nadar por el tronco. Panteras se encaramaban por una rama. Cocodrilos y lagartos se cobijaban en las ramas más bajas. Por encima de ellos caminaba una fila diminuta de elefantes unidos por las trompas y las colas. Ciervos, ovejas y vacas se acurrucaban en las depresiones donde se juntaban las ramas. Escarabajos y mariposas se adherían a las ramas. Pájaros diminutos se asomaban por huecos con los picos abiertos como si estuvieran cantando. Y en la parte más alta, mi león, su melena como un sol resplandeciente. *Todo el reino animal con más de 200 fotografías* descansaba en nuestro árbol.

—¡Ay, qué hermoso! —dijo Flora.

—Sí, es lindísimo —dijo Fabiola.

—Es como si Noé hubiera elegido un árbol en lugar del arca —dijo abuelita.

De vez en cuando, Owen y Rubén soltaban un fuerte chorro de agua con sus botellas para humedecer los rábanos.

—Ahí vienen los jueces —dijo Fabiola—. Hagan sitio.

Nos movimos a un lado mientras un grupo de hombres y mujeres con cuadernos examinaban la presentación y tomaban notas. Al poco rato se fueron al puesto siguiente, y toda la multitud se fue con ellos.

—Y ahora, ¿qué? —pregunté.

—Ahora nos relajamos —dijo Beni—. Y nos divertimos en el festival. Es una gran fiesta, ¿no? Regalamos algunas figuras a los que las admiren. Y esperamos a que hagan el anuncio.

La música de la banda sonó hasta bien entrada la noche, y entonces llegaron los resultados. Todos nos juntamos. Un hombre con un micrófono empezó a nombrar las distintas categorías. La primera era la categoría tradicional, es decir, Natividades, catedrales y tallas religiosas. El juez mencionó los nombres de los ganadores del tercer puesto, del segundo y del primero, seguidos cada uno por vivas y aplausos.

Esperamos los siguientes anuncios.

Fabiola tradujo.

—La siguiente es la nuestra, "Categoría libre", es decir, las tallas imaginativas. Este año las tallas han sido extraordinarias e impresionantes. El tercer lugar, que tiene un premio en dinero y un certificado conmemorativo, lo ganaron los hermanos Pérez.

Aplaudimos cortésmente y supimos exactamente dónde estaban los hermanos por los gritos que irrumpieron en la otra parte del zócalo.

—En segundo lugar, con un premio en dinero y un certificado conmemorativo —continuó Fabiola... Pero no necesitó traducir más porque entonces oímos los nombres:

—¡Bernardo Morales, Beni Morales y Pedro Martínez!

—¡Segundo lugar! —chilló Graciela—. ¡Nunca, nunca tuvimos tanto honor!

Los hombres levantaron los brazos, saltaron y se dieron palmadas en la espalda y todos gritamos tan fuerte como los hermanos Pérez. Beni me tomó en brazos y dimos vueltas y vueltas, y cuando Pedro y Bernardo me abrazaron, me eché a reír. Oímos los nombres de los ganadores del primer premio, pero no nos importó. Abuelita estaba molesta porque pensó que el ganador no nos llegaba ni a la suela de los zapatos. Fabiola la tranquilizó diciéndole que en los premios siempre influía la política y que un segundo puesto era magnífico. El cielo se llenó de fuegos artificiales, espirales brillantes y chispeantes. Después de verlos volvimos caminando lentamente hacia la esquina del zócalo.

—Bernardo —dijo una voz. Todos nos volvimos—, oí tu nombre...

Había un hombre parado frente a nosotros con zapatos deportivos blancos y una gorra roja de béisbol.

La cara de Bernardo se iluminó. Abrió la boca, pero antes de que pudiera decir nada, el hombre fijó la vista en abuelita, en Owen y en mí. Pareció quedarse estupefacto. De repente, se dio la vuelta y corrió hacia la multitud.

Yo miré a abuelita.

—Naomi, era él —dijo, mirando en la dirección en la que el hombre había salido corriendo.

Casi sin darme cuenta, yo también salí corriendo detrás de él, siguiendo la gorra roja que sobresalía entre la multitud. Oí que Owen me llamaba por detrás. Esquivé a un grupo de turistas. Choqué contra un hombre que vendía globos.

—Perdóneme —dije, mirando la gorra roja.

Otro hombre me puso delante una bolsa de emparedados de plástico llena de pepinos aderezados con pimienta roja. Le aparté el brazo. Veía delante de mí la gorra roja que se dirigía hacia la plaza frente a la catedral. Esquivé frazadas con cientos de *alebrijes*, corrí entre hileras de puestos que vendían alfombras y chales, cerámica negra, platos pintados, cuchillos y monederos de piel. Seguí la gorra roja hasta la esquina donde una mujer, sentada bajo una sombrilla, vendía saltamontes fritos. Entonces la gorra desapareció por una calle lateral llena de puestos. Nunca miró hacia atrás. Ni una sola vez.

Me detuve, respirando con dificultad. ¿Por qué había salido corriendo? Quise llamarlo, pero ¿cómo lo llamaría? ¿Padre? ¿Santiago? Giré en círculos, buscando una vez más. En la glorieta del parque, la banda empezó a tocar una marcha. Los colores y los sonidos se volvieron borrosos como si el mundo estuviera girando a toda velocidad. Cuando se detuvo, yo estaba sola con la mujer de los saltamontes.

—Naomi Outlaw, casi me matas del susto al salir corriendo —dijo abuelita cuando conseguí regresar donde ella estaba—. Nunca vuelvas a hacerlo.

—Yo... no quería que se escapara. ¿Dónde fue? ¿Por qué no se quedó?

Cada pregunta que me surgía me dejaba en un estado más profundo de confusión.

Graciela intentó calmarme.

—Se sorprendió, eso es todo. Estoy segura de que no sabe por qué estás aquí. Podría estar aterrado al pensar que tú piensas mal de él porque no volvió por ti cuando eras pequeña. Ahora sabemos que está en la ciudad y por la mañana podemos llamar a tu tía Teresa.

—Pero ¿qué pasa si no va a ver a la tía Teresa? ¿Y si se marcha para siempre? —dije.

—Esta noche ya no podemos hacer nada. Mañana, ¿O.K.? —dijo Graciela, dándome la mano.

Cuando pasamos frente a la catedral, Rubén se adelantó corriendo y Owen lo siguió. Los alcanzamos delante de un vendedor callejero que vendía buñuelos en tazones de barro. Bernardo compró uno para cada uno y nos sentamos en la acera, saboreando el dulce crujiente.

Pero yo apenas podía comer. Terminé solo la mitad y le pregunté a Graciela dónde podía dejar el tazón.

—Debes arrojarlo en el patio que hay al lado de la iglesia. Mira, allí.

Nos volvimos y vimos a un hombre y una mujer de

espaldas a la iglesia que lanzaban sus tazones al patio por encima del hombro. Los tazones se hicieron añicos sobre los adoquines y aterrizaron entre miles de pedazos de barro.

—Es la tradición, para tener buena suerte en el año que empieza —dijo Fabiola—. Tú debes hacer lo mismo.

—Bueno, no nos vendría mal un poco de buena suerte —dijo abuelita—, y sé que a Owen le encantaría. Vengan todos.

Yo dudé.

—Naomi, vamos —dijo Owen con ojos suplicantes.

Me paré y los seguí a ese lugar de la calle. Lanzamos nuestros tazones, como novias que arrojan el ramo, y después nos dimos la vuelta para verlos romperse en una lluvia de fragmentos ruidosos. Owen corrió trazando un círculo irregular y Rubén saltó, aplaudiendo y gritando.

—Ves, Naomi —dijo Owen—. Ahora tendremos suerte.

Yo estaba demasiado agotada para responder.

Finalmente empezamos a caminar hacia el Barrio

Jalatlaco, todos excepto los hombres que se fueron a celebrar su victoria. Owen y Rubén suplicaron ir con ellos, pero abuelita dijo que no era lugar para niños pequeños. Antes de separarnos, Bernardo me entregó una pequeña bolsa.

—Naomi, el león es para ti. Humedécelo tan pronto llegues a casa.

Sonreí y tomé la bolsa, sabiendo que trataba de animarme.

Mientras caminábamos por las calles con las heladeras portátiles vacías, los sonidos del festival se fueron acallando. Toda la conversación era sobre el concurso, y Graciela nos dijo que todo el barrio hablaría sobre lo mismo durante meses.

Nos dirigíamos a nuestra calle y oímos el ladrido distante y frenético de un perro.

—Es Lulú —dijo Owen.

—Los vecinos —dijo Flora, moviendo la cabeza y chasqueando la lengua.

—Los pobres vecinos —dijo Fabiola—. Espero que

no se haya pasado la noche ladrando. A veces no le gusta que la dejen sola.

Nos apresuramos y entramos al jardín, iluminado solamente por la luna. Flora forcejeó la puerta para abrirla y soltar a Lulú, pero antes de que la abriera, el jacarandá crujió y nos sobresaltó. Nos dimos la vuelta, pero era solo una lluvia de flores que caía al suelo. Sin embargo, algo no estaba bien y un escalofrío me recorrió la espalda. Cuando la última flor cayó al suelo, me di cuenta de que no había ni una brizna de viento.

Una figura salió de entre las sombras.

Abuelita se llevó la mano al corazón. Instintivamente, Fabiola me apretó contra ella.

—¿Quién está ahí? —preguntó Graciela con firmeza.

—Soy yo... Santiago.

—Gracias a Dios —dijo Flora, haciendo la señal de la cruz y corriendo a la casa para encender la luz del porche, que inundó el jardín.

Abuelita y Fabiola llegaron primero hasta Santiago. Abuelita le tomó las dos manos y dijo:

—¡Santiago, te estuvimos buscando!

Él inclinó la cabeza y dijo algo que no pude oír. Abuelita negó con la cabeza y dijo:

—No, no... no digas eso. Nos alegramos de haberte encontrado.

Entonces lo abrazó.

Yo me quedé paralizada. Era como cuando estaba en el patio de la escuela y los niños insultaban a Owen y yo veía todo como si fuera una película. ¿Todo eso era de verdad?

Owen se acercó corriendo. Santiago puso las manos sobre los brazos de Owen. Oí retazos del chorro de palabras incontenible de Owen.

—Buscándote por todas partes... tardamos mucho en Bebé Beluga... hasta México... y el Barrio Jalatlaco...

Santiago tocó la cabeza de Owen y le acarició el cabello.

¿Qué sentiría?

Owen no paraba de hablar.

—Y vinimos con Bernardo y Fabiola y Lulú... Rubén es mi mejor amigo... fuegos artificiales y dulces... Naomi corrió detrás de ti... pensamos que te habíamos perdido...

Cuando Owen dijo mi nombre, Santiago me miró. Frunció la frente y se pasó una mano por el cabello negro y desgreñado. Tragó, y vi moverse su garganta. Alargó un brazo hacia mí.

Graciela tomó la bolsa de mi mano e intentó empujarme suavemente.

Yo quería ir con él, pero me sentía como si estuviera

enterrada hasta las rodillas en cemento húmedo. Abrí la boca para decir algo, cualquier cosa, pero solo se me saltaron las lágrimas.

Santiago levantó a Owen con un solo brazo y se me acercó. Luego se hincó sobre una rodilla y me tomó en sus brazos. Al principio simplemente nos meció como hace la gente cuando se alegra de ver a un amigo, pero luego se quedó quieto y nos abrazó todavía con más fuerza. Supe que estaba llorando por la manera en que su pecho subía y bajaba, y por los sonidos de sus sollozos. Me agarré a él con fuerza y él nos apretó más y más con sus brazos, fuertes y protectores. Cuando presioné mi rostro contra su camisa, sentí el olor a mar y a... ¿acaso estaba soñando?, una ligera fragancia a jabón.

—Mis niños, mis niños —dijo, enterrando su rostro en nuestro cabello.

Cuando nos paramos, no había ningún ojo seco en todo el universo. Fabiola empezó a hablar en español y presentó a todo el mundo. Todos entramos y, aunque era tarde, nos apretujamos alrededor de la mesa de la cocina.

—Te buscamos —dijo Rubén.

—Llegué esta noche —explicó Santiago, y revolvió el cabello de Rubén—. No me funcionaba el auto y tuve que tomar un autobús, pero los choferes están en huelga, así que esperé tres días en la estación. Sabía que no iba a llegar a tiempo para participar en el festival. Eso me entristecía. Estuve a punto de no venir, pero había algo... que me decía que debía venir.

—Fue nuestra actitud mental positiva —dije en voz baja.

—Quizás —dijo Santiago, sonriendo—. Fui derecho al zócalo para oír los premios y cuando oí el nombre de Bernardo, no lo podía creer. Fui a buscarlo y, entonces, cuando vi a María, Naomi y Owen... me preguntaba si era verdad. ¿Mis hijos? Pero quería pensar, prepararme... así que salí corriendo.

—Salí detrás de ti —dije.

—No me di cuenta. Tomé un taxi a la casa de Teresa. Me dijo que fueron a verla y dónde estaban alojados. Entonces no pude dejar de pensar en ustedes. Supe que tenía que venir.

Santiago parecía tímido, pero quizás era porque todos lo habían visto llorar, o quizás era callado, como yo.

Le conté la historia completa de lo que había ocurrido y cómo llegamos aquí, con algo de ayuda de Graciela porque Santiago ya no hablaba tan bien inglés como antes. Me senté a su lado y mientras me escuchaba y asentía con el rostro triste y cansado, me acariciaba el cabello.

—Cuéntanos qué estuviste haciendo —dijo Fabiola.

Santiago se encogió de hombros.

—Durante los últimos siete años he vivido en Puerto Escondido. Tengo un barco y llevo a los turistas a pescar. No gano mucho dinero. El pueblo se está volviendo más popular ahora, especialmente por los surfistas. No gano tanto dinero como ganaba en Estados Unidos, pero la vida aquí es muy barata. Tengo una casa pequeña, y cuando no estoy en el barco, tallo animales. Se los doy a tía Teresa y ella los pinta. Se venden en algunas tiendas. A veces gano más dinero con las figuras talladas que con la pesca.

Nos miró a mí y a Owen. Una pequeña sonrisa asomó en su rostro.

—¿Quieren saber cómo se llama mi barco? *Soledad*, como mis hijos.

—Soledad es una Santa, ¿verdad? —pregunté.

—Eso es. A ustedes les puse el nombre por Nuestra Señora de la Soledad. Pero el barco lleva ese nombre por ustedes.

—Santiago, hay varias cosas que me gustaría hablar contigo, ¿mejor mañana? Necesitamos ayuda —dijo abuelita.

Se inclinó hacia delante, puso los codos sobre sus rodillas y apoyó la barbilla sobre sus manos entrelazadas. Me miró a mí, luego a Owen y dijo:

—No he pensado en otra cosa durante años.

Miré a todos los que estaban sentados en la cocina de Flora y me sentí como si estuviera en una película, en una escena clara y diáfana en el centro y borrosa en los extremos. No quería que terminara. Quería quedarme ahí, en ese preciso instante. Quería recordar todo lo que pasaba esa noche.

Graciela llevó a Owen y a Rubén a la cama. Como era tan tarde, todos se sentían cansados. Santiago se paró dispuesto a marcharse.

—Espera —dije, mientras agarraba la bolsa sobre la mesa y sacaba el león.

Se lo di a Santiago.

—Es para ti.

Santiago miró el león, pero su rostro se entristeció. Movió la cabeza apenado.

—Es el primer año que un León no participa en el concurso.

Fabiola sonrió.

—Estás equivocado. Un León sí participó. Naomi hizo eso.

Sorprendido, Santiago me miró y luego al león. Lo examinó cuidadosamente, dándole vueltas y tocando las marcas y los cortes.

—¡Es fantástico!

Mucho después, en Bebé Beluga, acurrucada en mi cama, todavía veía el orgullo en los ojos de mi padre cuando admiraba el león. El sonido ocasional de un cohete me mantenía despierta para deleitarme con mis pensamientos. Estaba en mi propia cama. Abuelita y Owen estaban conmigo. Todo seguía igual. Bueno, casi todo. Rubén también estaba durmiendo en Bebé Beluga. Ahora estábamos en México. Había encontrado a mi padre. Y una cascada de felicidad había anegado las preocupaciones que me roían, al menos por ahora. Y lo primero que haría al levantarme sería convertir la palabra *fantástico* en la número uno de la lista "Palabras estupendas de México".

La mañana de Navidad, Owen y yo estábamos parados en el patio mirando hacia arriba. Tuve que pellizcarme para cerciorarme de que no estaba soñando. Una jungla de bestias pintadas flotaba debajo del jacarandá, al abrigo de una bóveda de hojas y flores moradas. Atados a las ramas con sedal transparente, los animales tallados en madera parecían suspendidos en el aire. Cuando una brisa suave cosquilleaba los dragones, los reptiles, los pájaros y los leones, estos giraban y se balanceaban.

Owen y yo nos acostamos sobre el piso para contemplarlos. Unos minutos después, Santiago salió de detrás del remolque, donde había estado esperando. Se acostó a nuestro lado y contemplamos el espectáculo con la música de la risa ronca de Owen.

Esa misma tarde, me senté afuera a tallar con Santiago. Era experto en madera y había traído unas ramas especiales de copal de las montañas. Me encantaba verlo tallar.

Sostuvo en alto una rama curva.

—Cada pieza tiene su personalidad. A veces se puede mirar la madera y saber exactamente lo que podría ser. La promesa se revela enseguida. Otras veces debes dejar que la imaginación te dicte el camino. ¿Qué ves hoy en el jabón? Un perro, ¿verdad?

Asentí. Llevaba varios días trabajando en él.

—Este extremo será la cola. Y aquí —señalé la parte de atrás— estará una de sus patas, corriendo.

Santiago asintió.

Estaba casi terminado. Apreté el cuchillo contra el jabón, pero lo hundí demasiado y un trozo grande cayó al piso. Con un solo corte del cuchillo, había cortado sin querer la pata corredora.

Suspiré.

—No, no te entristezcas —dijo Santiago—. Todavía queda algo de magia. Digamos que la pata que falta es el símbolo de una tragedia o de algo que el perro perdió. O que su destino era ser un perro con tres patas.

Tomó la figura y con unos cuantos cortes del cuchillo

moldeó la pieza rota para formar un perfecto perro de tres patas.

—Debes tallar para que lo que hay dentro se convierta en lo que debe ser. Cuando termines, la magia revelará lo que realmente es.

Santiago examinó un pedazo de madera con una forma rara.

—Cuando la promesa no se revela enseguida, tu imaginación debe dictar tus intenciones. Entonces la madera o el jabón se convertirá en lo que menos esperes. A veces la madera me engaña. Creo que estoy tallando un loro y cuando termino tiene cola de pez. O empiezo un tigre y al final tiene el cuerpo de un bailarín.

Con un pequeño machete, quitó las capas de corteza que se habían acumulado con el tiempo, exponiendo el interior de lo que fue la rama de un árbol y revelando su corazón desprotegido. Cambió el machete por un cuchillo e hizo varios cortes en la madera con rápidos movimientos. Enseguida me dio una figura en bruto.

La sostuve en el aire. Vi que era el cuerpo de un león con una cabeza humana, quizás la de una niña.

Mientras le daba la vuelta, admirándola, abuelita salió de la casa y se sentó lentamente en una de las sillas. Se quedó mirando sus manos entrelazadas y se aclaró la garganta.

—Acabo de hablar con la señora Maloney. La mediadora, una mujer joven, apareció en Avocado Acres ayer para entrevistarla. ¡Imagínense, aparecer la víspera de Navidad! La mujer le preguntó a la señora Maloney dónde estábamos porque necesita hablar con nosotros antes del viernes, tres de enero. La señora Maloney le dijo que volveríamos de nuestras vacaciones a tiempo para la entrevista, que es lo que yo le dije que debía decir si alguien preguntaba. Eso es dentro de nueve días, y como tardamos cuatro o cinco días de viaje... Naomi, lo siento, pero Bernardo dijo que debemos partir pasado mañana.

Respiré profundamente y miré a mi alrededor.

—¿No podemos quedarnos aquí? —pregunté, mientras mis manos comenzaban a temblar repentinamente—.

A ti te gusta estar aquí, tú misma lo dijiste. —Oí las risas de Owen y Rubén procedentes del huerto—. A Owen le encanta y podríamos... podríamos ir aquí a la escuela. Estamos aprendiendo español muy bien. O... o podríamos ir a Puerto Escondido y vivir en la casita y ayudar a vender las figuras talladas... yo podría aprender a pintarlas, como tía Teresa... y...

Santiago me cargó y me colocó a su lado, sobre el banco de madera. Me rodeó con un brazo.

—Naomi, me encantaría que ustedes vinieran a mi casa, pero en este momento la vida de ustedes está en California. Escribí la carta para el juez. Le cuento la verdad sobre tu madre y le digo que deseo que tú y Owen vivan con María. También le digo que quiero formar parte de sus vidas y visitarlos... seguramente durante las vacaciones de verano si a ti y a Owen les parece bien. Más a menudo, si fuera posible.

Mis labios temblaron. Miré fijamente al suelo.

—No luché por ustedes cuando eran chicos —dijo Santiago—. Es algo de lo que me arrepiento. No debí

creerle a tu madre cuando dijo que nunca me dejaría verlos. Si hubiera sido más fuerte quizás las cosas habrían sido
diferentes, o quizás no... Nunca lo sabremos.

Lo miré.

—Pero ¿por qué no puedes venir con nosotros?

—Para eso tendría que prepararme —respondió—.
Tengo que hacer muchas cosas antes. Vender la casa,
mi barco. La mayor parte de mis ingresos provienen de
la venta de mis figuras talladas, pero solo se venden en
Oaxaca. Mi trabajo está aquí.

—Pero ¿y si el juez...?

—Naomi —dijo abuelita—, no pensemos en lo peor
que podría pasar. Pensar así no sirve de ayuda a las profecías autocumplidas.

Desde que encontramos a Santiago, abuelita volvía a
mostrar su fiereza. Al menos por fuera.

—Supongo que será mejor que se lo diga a Owen
—dijo abuelita.

—Te acompaño —dijo Santiago, y los dos se dirigieron al huerto.

Sola, debajo del jacarandá, miré fijamente el perro de tres patas y la niña león que tenía en el regazo.

Volvimos a casa, a Lemon Tree, en silencio. La camioneta y Bebé Beluga parecían arrastrarse por la autopista. Viajábamos con menos de lo que habíamos llevado, pues dejamos muchas cosas para Flora, Pedro, Graciela y Rubén. Entonces, ¿por qué parecía que rodábamos tan pesadamente? ¿Acaso el peso de nuestros recuerdos nos hacía ir más despacio?

Durante cientos de kilómetros sostuve la niña león y pensé en todo lo que quería contarle a Blanca, especialmente acerca de mi padre.

Durante nuestros últimos días en Oaxaca, Owen y yo fuimos a todas partes con Santiago: a visitar a tía Teresa, al zócalo, al mercado a tomar helado de piña y coco. Y a admirar la imagen de la Soledad en la basílica.

Nunca olvidaré ese día. La imagen llevaba una túnica larga y una corona de oro y los vitrales de la basílica relucían. Nuestros pasos resonaron sobre el piso. Tomados de la mano de Santiago, lo escuchamos rezar.

—Nuestra Señora de la Soledad es venerada por marineros y pescadores —dijo—. Nos protege en el mar cuando nuestros barcos zozobran en una tormenta, cuando hay niebla y no vemos el camino, cuando necesitamos llegar a casa o nuestro motor falla. Entonces le pedimos ayuda. Ella forma parte de Oaxaca. Y como ustedes tienen su nombre y ya estuvieron acá y conocen el maravilloso encanto de su ciudad, Oaxaca forma parte de ustedes.

La mañana que partimos, Santiago llegó temprano para ayudar a Bernardo a cargar los últimos bultos de equipaje. Cortó el hilo de los animales que colgaban del jacarandá y nos los dio a Owen y a mí.

Fue un largo adiós. Flora entraba y salía de la cocina con más tamales y Pedro revisaba una y otra vez las ruedas de la camioneta y del remolque. Graciela y Beni perseguían a Owen, Rubén y Lulú por todo el patio. Fue una despedida en la que todos nos abrazamos y nos dimos besos, luego nos quedamos parados hablando y mirándonos antes de comenzar de nuevo a abrazarnos y a besarnos, llorando un poco de cuando en cuando.

Cuando por fin estuvimos listos para subir a la camioneta, Santiago me abrazó y me dijo:

—Sé valiente, Naomi León.

Asentí, pero cuando me tomó y me meció en sus brazos de nuevo, no pretendí ser valiente.

—No te entristezcas —susurró—. Nos hemos reencontrado. Yo te escribiré. Tú me escribirás. Tenemos mucho por lo que debemos estar agradecidos y todo será como debía de haber sido. Ya verás. Te lo prometo. Te lo prometo. Ahora tú también debes prometer.

—Te lo prometo.

La camioneta dio un salto cuando Bernardo cambió de marcha en la autopista. Hacía tiempo que Oaxaca había desaparecido de nuestra vista. Abrí mi cuaderno para hacer una lista de todo lo que esperaba recordar, pero lo cerré. El lápiz me parecía demasiado pesado.

El día antes de que comenzara la escuela llegamos demasiado temprano al juzgado, lo que no sirvió para calmar mis nervios. Abuelita, Owen y yo esperamos en un banco fuera de la sala que teníamos asignada. La joven mediadora había ido a Lemon Tree el viernes anterior, tal y como estaba previsto, vistiendo un traje y con un cuaderno de notas. Fue amable, pero fue directamente al grano. A Owen y a mí nos hizo millones de preguntas por separado, como qué nos daba de comer abuelita, cuántas veces a la semana nos bañábamos y si alguna vez habíamos tenido piojos. Ahora, sentados en el juzgado y mirando el largo pasillo de pisos relucientes, deseaba haber respondido lo correcto.

No había rastro de Skyla ni de Clive.

Un hombre se acercó a abuelita.

—¿Es usted Mary Outlaw?

—Sí, señor —respondió.

—Yo soy el secretario. Vengan por acá. La jueza llegará en unos minutos.

Abrió la puerta y la sostuvo para que pasáramos.

La sala no se parecía a las de la televisión, que tienen barandillas de madera, sillas de roble y un mostrador alto para el testigo. Era un lugar pequeño con una mesa en el fondo y butacas como las de los cines, dispuestas en tres hileras cortas. Había una silla junto a la mesa de la jueza.

Miré la sala. En las paredes colgaban carteles de niños: adolescentes jugando baloncesto, un niño y una niña pequeños tomados de la mano de una anciana, niños bajando por un tobogán con los brazos en alto y unos bebés sentados en círculos con ropa muy linda. Pensé que era como una de esas salas acogedoras del Hospital Pediátrico. El juzgado no quería que la sala intimidara cuando daban las malas noticias.

Skyla entró en el último minuto con Clive, pero al principio no los reconocí muy bien. Skyla llevaba una falda de color rosa pálido, un suéter que hacía juego, medias, zapatos rosados sin tacón y un collar de perlas. Su cabello era de color natural, castaño claro, y apenas tenía maquillaje. Solo llevaba los labios pintados de color chicle. Clive tenía el pelo muy corto, como si se hubiera alistado en el ejército. Llevaba pantalones de vestir y una camisa con el cuello de botones.

Abuelita se inclinó hacia mí.

—Vaya, lucen como la pareja norteamericana perfecta.

No sabía si abuelita estaba haciendo una broma o si estaba tan asustada como yo.

Cuando Skyla nos vio a Owen y a mí, nos saludó con la mano como si no pasara nada. Como si no estuviera intentando hacerle algo horrible a nuestra familia.

—¡Los extrañé muchísimo! —dijo desde el otro extremo de la sala. Su voz era tan empalagosamente dulce que me pregunté a quién iba dirigida su actuación. La otra única persona que había en la sala era el secretario, y este no estaba prestando ni pizca de atención.

La jueza entró en la sala, se sentó y nosotros hicimos lo mismo. Skyla y Clive a un lado, y abuelita, Owen y yo al otro lado. Aunque la jueza parecía amable, con arrugas de tanto sonreír, igual que Fabiola, en cuanto vi su toga negra, me puse a temblar por dentro. Representaba la ley. Tendríamos que cumplir lo que ella decidiera.

—Empecemos —dijo—. Señora Skyla Jones, primero la escucharé a usted. Veo que dejó a Naomi y Owen a cargo de su abuela hace siete años.

Skyla se paró.

—Sí, su señoría. Los dejé con mi abuela después de unas circunstancias terribles.

—¿Cuáles fueron esas circunstancias?

—Mi matrimonio se había deshecho. No tenía dinero y necesitaba tiempo para rehacer mi vida... y la de mis hijos.

—¿Así que esa separación no fue algo que usted deseara?

—¡Oh, no! Ninguna madre quiere separarse de sus hijos—. Skyla nos miró de reojo. Parecía un ángel.

Abuelita me tomó de la mano.

—Señora Jones, ¿puede explicar qué estuvo haciendo durante estos siete años?

—Me metí en problemas, su señoría, pero eso cambió.

Admito que he estado en rehabilitación, pero recientemente he terminado con éxito un... —miró de reojo a Clive— un programa intensivo.

Clive asintió y le sonrió a Skyla.

—Tengo informes de los médicos sobre su enfermedad mental provocada por el alcohol —dijo la jueza—. ¿Pensaba no decirme nada al respecto?

—No, por supuesto que no. Estoy tomando medicamentos y no me he saltado ninguna dosis. Y parte de mi rehabilitación es retomar la relación con mis hijos. Eso es lo que quiero por encima de todo—. Skyla nos lanzó una mirada amorosa.

—Aplaudo sus esfuerzos, señora Jones —dijo la jueza—. Puede sentarse.

Me mordí el labio. Si Skyla había actuado así cuando la entrevistaron, ¿cuál sería la recomendación de la mediadora a la jueza?

—¿Señora Outlaw? —dijo la jueza.

Abuelita se paró.

—Sí, señora.

—¿Cuántos años tiene?

—Tengo sesenta y nueve años.

—¿Tiene usted buena salud?

—Sí, muy buena —dijo abuelita.

La voz de la jueza se suavizó.

—Pero la realidad está clara, ¿verdad? Usted no es una persona joven.

—Sí, señora, eso es verdad, pero me cuido mucho y, si algo me ocurriera, el padre, Santiago León, vendría en mi ayuda. Él quiere que los niños vivan conmigo y espera visitarlos en cuanto sea posible. Escribió una carta en la que dice todo eso.

Cuando escucharon el nombre de nuestro padre, Skyla y Clive empezaron a susurrar.

La jueza arqueó las cejas y miró el archivo que tenía delante.

—Veamos... tengo cartas firmadas ante un notario de la señora Morimoto y del señor Marble, maestros de los niños que alaban su dedicación a Naomi y Owen. Tengo una carta similar de la señora Maloney, una vecina, e informes de la tutora de Naomi y de dos médicos del Hospital Pediátrico. Y... —La jueza sacó un papel y lo examinó—. Aquí está. Una carta escrita ante un notario del padre de los niños. Dice que la señora Jones no le permitió mantener el contacto con los niños, pero ha seguido enviando ayuda monetaria y ahora desea establecer un calendario de visitas para mantener la relación con ellos.

—Es verdad —dijo abuelita.

—Señora Jones, ¿qué tiene usted que decir al respecto?

Skyla miró a Clive y asintió; después miró a la jueza.

—Era muy joven e inmadura cuando dejé a los niños con mi abuela. Me arrepiento de muchos de mis actos durante ese periodo de mi vida.

—¿Le parecería bien establecer un calendario de visitas para su ex marido?

—Sí, su señoría. Solo quiero lo mejor. Eso es lo que le dije a la mujer que vino a entrevistarme. Por eso, Naomi, especialmente debe estar conmigo. Ella también necesita a una madre, no a una bisabuela que está tan alejada de... de... los asuntos contemporáneos de la vida.

—Muy bien, señora Jones —la jueza le sonrió de forma peculiar a Skyla y después miró de nuevo los papeles que tenía en la mano—. Tengo delante de mí la recomendación de la mediadora, pero antes de tomar mi decisión, me gustaría escuchar a los niños. Naomi, ¿puedes venir aquí, por favor?

Me paré y miré a abuelita. Ella me acarició el brazo y señaló la silla que había junto a la mesa de la jueza. Me acerqué y me senté, quedando justo enfrente de Skyla. No podía quitar los ojos de la *M* perfecta de sus labios.

—¿Naomi? —la voz de la jueza finalmente captó mi atención—. Mírame, por favor.

Me volví hacia la toga negra.

—Necesito explicarte algo. Siempre me cuesta separar a los padres de sus hijos. Creo que siempre que sea posible deben estar juntos, excepto en circunstancias excepcionales. Mientras tu madre se mantenga alejada del alcohol, tome sus medicamentos y tenga intención de cuidarte de buena fe, yo no podría, en conciencia, negarle a tu madre sus derechos. A no ser que escuche una buena razón. Así que, ¿puedes darme una razón para no quedarte con tu madre?

Oí las palabras de la jueza, pero no podía creerlas. Tendría que vivir con Skyla.

Quise decirle todo a la jueza. Quise decirle que necesitaba vivir con abuelita y Owen porque no conocía muy bien a mi madre y me asustaba. En mi mente decía las palabras, pero mi boca no podía pronunciarlas. Todos me miraban fijamente, pero una pared de ladrillo había surgido entre mis palabras y el mundo, sin que quedara ni una rendija por la que pudiera escapar un susurro.

—Naomi, si no puedes añadir ninguna información a esta situación...

Skyla se irguió en su asiento, sonrió y apretó el brazo de Clive.

Cerré los ojos y escuché las palabras de mi padre.

—Sé valiente, Naomi León.

Sentí un rugido en mi mente, el mismo sonido que hace una apisonadora cuando se dirige hacia ti. Me sobrecogió una sensación, como si alguien le hubiera abierto la puerta a una manada de animales salvajes. Abrí los ojos y vi la mirada de Skyla taladrándome.

—¿Es eso lo que quieres, Naomi, vivir con tu madre? —preguntó la jueza.

Miré a abuelita y a Owen y lentamente negué con la cabeza.

—No —dije.

—Un poco más alto, Naomi. No puedo oírte.

Sentí que la estampida agujereaba el muro que había delante de mí.

—No —dije de nuevo y, lentamente, empecé a contar la historia desde el principio. Que abuelita era viuda y había perdido a su única hija. Que Skyla y Santiago se casaron y fueron a vivir a México, y Skyla nos dejó con abuelita mientras ella rehacía su vida. Que Santiago nos quería, pero Skyla no dejó que se quedara con nosotros. Que vivíamos en Avocado

Acres, junto a la granja de aguacates de Lemon Tree para que Owen tuviera espacio para correr libremente.

Seguí hablando, ahora más alto.

—Abuelita nos quiere y nos cuida. Ha sido padre y madre, todo en uno, hasta que conocimos a nuestro padre. Lemon Tree es mi hogar y allí es donde pertenezco. No quiero ir a Las Vegas a vivir con Skyla. Ella dijo que podía hacerle daño a abuelita. Dijo que le podría pasar algo malo a abuelita si yo no iba con ella a Las Vegas.

Como si una presa se hubiera roto, no podía parar el torrente de palabras. Conté que Skyla solo me quería para cuidar a Zafiro y que había empezado a beber otra vez y que me había dado una bofetada y que dijo que tenía más de esas. Conté que adoraba mi escuela y a mi amiga, Blanca. Hablé de mis esculturas y del Hospital Pediátrico y dije que Owen era un CAR y que Skyla no lo quería porque era defectuoso. Luego hablé de mi padre y de cómo lo encontramos. Le hablé a la jueza de las profecías autocumplidas y de que si querías que algo ocurriera debías decir que iba a ocurrir una y otra vez y que yo no había dejado de pensar: "Todo irá bien. Siempre estaré con abuelita y Owen" por lo menos un millón de veces desde que fuimos a México.

Dije todo eso mientras Skyla y Clive me miraban. Skyla se paró.

—Su señoría, siempre ha sido una niña con mucha imaginación. Necesito a mi pequeña y ella me necesita a mí. Debemos estar juntas, solo Naomi y yo. ¿No se da cuenta que le está contando un puñado de mentirillas?

Skyla se sentó y empezó a llorar, pasándose un pañuelo de papel por los ojos. Juro que presionaba bien duro para que los ojos se le pusieran rojos.

Me volví hacia la jueza y dije con voz firme:

—No estoy mintiendo.

—Gracias, Naomi —dijo la jueza—. Puedes sentarte.

La jueza parecía confundida.

—Señora Jones, antes de tomar mi decisión, necesito que aclaremos algo. ¿He entendido correctamente que usted solo quiere tener a Naomi?

Skyla recuperó la compostura rápidamente.

—Sí, su señoría. Eso es todo lo que quiero.

—¿Y por qué no quiere a su hijo?

—Bueno, ese no es el asunto. Soy la madre de Naomi y tengo el derecho...

—Señora Jones, yo decidiré cuál es el asunto. ¿Por qué no quiere a su hijo?

Skyla pareció ruborizarse y miró a Clive.

—Bueno..., cuando nació... tuvo tantos problemas que realmente nunca me conecté con él... nunca establecí un lazo. Solo vivió conmigo durante un año, así que ni siquiera me recuerda y yo tampoco me acuerdo mucho de él. Como Naomi es más grande y es una niña y todo eso, pues estamos más hechas a la manera de madre, hija, si sabe a lo que me refiero.

—Así que no tiene ninguna intención de quitarle los dos niños a la señora Outlaw —dijo la jueza.

—Oh, no, su señoría.

—Señora Jones, ¿le dio esta información a la mediadora durante la entrevista?

—Bueno, no. Pensé que esa era mi decisión personal.

Verá, Owen estará mejor en Lemon Tree y Naomi estará mejor conmigo. Debemos estar juntas —dijo Skyla sonriendo y claramente satisfecha con su respuesta.

Miré a Owen, sentado junto a abuelita. Abuelita lo rodeaba con un brazo y él no parecía triste ni feliz. Si lo que decía Skyla le disgustaba, había suficiente cinta adhesiva pegada en su camisa para mantenerlo de una sola pieza.

—Bueno —dijo la jueza—. No necesito más tiempo para considerar este caso. Estoy lista para dar mi veredicto. Rara vez retiro los derechos de la madre, y la mediadora recomendó que los niños vivieran con su madre. Pero creo que no entendió el asunto completamente, especialmente porque la señora Jones no fue clara al respecto. Siempre soy reacia a separar a hermanos que han vivido juntos toda su vida. Eso es algo que no haré, especialmente cuando hay parientes amorosos, atentos y responsables que pueden actuar como cuidadores, tales como la señora Outlaw y el padre, que claramente quieren a estos niños. Como la señora Jones ha establecido su preferencia a este tribunal, y obviamente no es lo mejor para Naomi y Owen, otorgo la tutela a la señora Outlaw. Señora Jones, podemos establecer un calendario supervisado de visitas, si lo desea, para ver a sus dos hijos. —La jueza dio un golpe con su mazo—. Esta audiencia ha terminado.

Skyla parecía confusa. Clive la tomó de la mano y salieron a toda velocidad de la sala. Clive no se volvió para mirar atrás, pero Skyla sí. Saludó ligeramente con los dedos de la mano que tenía libre y sonrió débilmente antes de que Clive la sacara de la sala.

—Vamos —dijo abuelita, rodeándonos a cada uno con un brazo.

Manejó camino a casa. Estábamos casi en Avocado Acres cuando, en la esquina, abuelita giró a la derecha en lugar de a la izquierda.

El miércoles, el primer día de escuela después de nuestro regreso, Blanca me esperaba en los escalones.

—Oye, te extrañé —dijo, abrazándome con fuerza—. Oí que fuiste a México. ¡Cuéntame todo! Soy hija de mexicanos y nunca estuve allí, excepto en Tijuana, pero eso realmente no cuenta porque está prácticamente en San Diego. Oye, tienes el flequillo más largo. Ahora solo llevas dos hebillas a cada lado. Noticias: Hay un chico nuevo en el almuerzo de la biblioteca. Se llama Midah Bakiano.

Nos echamos a reír. Midah Bakiano iba derecho a mi lista de "Nombres poco comunes". Mientras íbamos al salón de clases, le conté a Blanca todo lo que pude.

La señora Morimoto también me abrazó.

—¡Naomi, finalmente volviste! Me preocupaba que no llegaras a tiempo para ir a la obra de teatro este fin de semana. Me alegro tanto de que nos acompañes.

A la hora del almuerzo, el señor Marble dijo:

—Naomi Outlaw, ¡estoy extático de verte! —(Añadí

extático a la lista de "Palabras espléndidas")—. Ahora ya tenemos nuestro nido de pollitos de la biblioteca en su lugar habitual —dijo mientras contaba y señalaba hacia John Lee, Mimi Messmaker, Midah Bakiano, Blanca y a mí—. Ahora ya todo está en su sitio.

Después del almuerzo, mientras Blanca hablaba sin parar con Midah Bakiano, reuní coraje y le mostré al señor Marble algunas de mis figuras talladas. Saqué de mi mochila las figuras envueltas en papel de cocina y las coloqué en familias de reptiles, pájaros, tigres y leones sobre el mostrador. Puse en una hilera los patos, los peces y los elefantes. Y le conté que había participado en La Noche de los Rábanos.

El señor Marble dijo:

—Naomi Outlaw, eres una niña de gran talento y muchas capas. ¿Quién lo hubiera imaginado? ¡Gracias por mostrarme estas figuras! Estoy verdaderamente encantado. ¿Me permitirías colocarlas en la vitrina el día de las visitas de los padres y niños que será dentro de unos meses? Siempre reservo las colecciones más espectaculares para esa fecha.

¿Que si se lo permitiría? ¿Estar en la vitrina el día de las visitas para que todos los niños y sus familiares las vieran? Era el honor más grande en la escuela primaria Buena Vista. Sería mi mayor hazaña.

Los niños que almorzaban en la biblioteca me rodearon.

—Guau, Naomi, la Leona —dijo Blanca—. ¡Son increíbles!

—¿Tú tallaste eso? —dijo Mimi Messmaker—. Parece difícil.

Supuse que eso sería lo mejor que Mimi me diría jamás, pero no me importó.

El señor Marble me examinó detenidamente.

—Noto que has cambiado desde que estuviste en México. Antes, eras un ratón, pero ahora tienes la compostura de una leona.

Adoraba al señor Marble.

Después de la escuela, Blanca esperaba en los escalones con Owen y conmigo, como siempre. Cuando abuelita llegó con el Toyota, Blanca dijo:

—Adiós, Naomi, la Leona. Te veré mañana por la mañana, aquí mismo —y señaló los escalones.

—Adiós —le dije mientras me despedía con la mano.

Me miró con una expresión rara.

—¿Sabes una cosa, Naomi? Tu voz suena más fuerte.

un murmullo de mañanas

Aparentemente las cosas no habían cambiado mucho. Abuelita todavía confeccionaba algunas de nuestras ropas y todavía vivíamos en Bebé Beluga en Avocado Acres, en Lemon Tree. Íbamos a Spray 'n Play a tomar helados y a ver pasar los autos por el túnel de lavado. Mi cabello era rebelde, pero conseguí que creciera lo suficiente para recogérmelo con una sola hebilla a cada lado. Algunos días lo llevaba la mitad recogido hacia arriba y la mitad hacia abajo, igual que Graciela.

Por dentro, sin embargo, yo era diferente. Había estado en el Barrio Jalatlaco, había visto Las Posadas y había comido quesillo. Había caminado por calles de adoquines y había arrojado un tazón de barro a una iglesia, solo para tener buena suerte. ¡Yo!

Había descubierto a mi madre. Supongo que Owen y yo siempre la extrañaríamos un poco y nos preguntaríamos qué habría pasado si ella hubiera sido diferente. Abuelita dijo que Skyla podría intentar rehacer su vida y llevarnos de nuevo al juzgado, pero que no debíamos anticiparnos. Abuelita dijo que no era probable que Skyla hiciera el esfuerzo de visitarnos, pero que si quería, yo no debía preocuparme. A mí me gustaría volver a sentir sus manos sobre mi cabeza, haciéndome una trenza con el cabello. Era curioso el hecho de que fuera agradable de una manera mala y mala de una manera agradable. Ahí estaba de nuevo, lo malo y lo bueno dentro de una sola albóndiga.

También había encontrado a mi padre, que me amaba desde hacía mucho tiempo aunque no estaba cerca. ¿Cuánta gente iba por la vida sin saber que alguien que se encontraba lejos se preocupaba por ellos? ¡Imagina todo ese amor flotando en el aire, esperando aterrizar en la vida de alguien!

Aunque habíamos descubierto a nuestros padres, nuestra vida con abuelita estaba incrustada en nuestro ser. Nosotros éramos sus premios y eso era suficiente para nosotros.

Santiago me enseñó que se debe tallar lo que dicta la imaginación para que lo que hay dentro se convierta en lo que debe ser. Al final, la figura revelerá lo que realmente es.

Era cierto. En México, había visto ángeles con cuernos, un

loro con cola de pez, un lagarto con alas, un perro con tres patas, tallados en madera. Era igual con la gente.

Una madre con garras de gato.

Un padre con corazón de león.

Una abuela con las alas abiertas y protectoras de un pájaro.

Un ratón con la voz de una leona.

Puede que haya empezado con un susurro, pero fue tan fuerte como para que una profecía autocumplida se hiciera realidad. Encontré un grito arrollador que algún día sonaría alto para decirles "mu" a esos chicos. Ahora podía superar un ejército de preocupaciones. Incluso le prometí a nuestro padre, una promesa que pensaba cumplir, que viviéramos donde viviéramos, viajaríamos todos los años a Oaxaca durante las Navidades para la Noche de los Rábanos. Después de todo, un León participa en ese concurso desde hace más de un siglo.

Deseaba que mi padre tuviera razón, que al igual que las figuras que tallaba en madera y jabón, yo me convertiría algún día en lo que debía ser, la Naomi Soledad León Outlaw de mis sueños más extravagantes.